じょっぱれアオモリの星

おらこんな都会いやだ

オーリン・ジョナゴールド
最果ての地・アオモリから
王都にやってきた中堅魔導師。
普段は温厚だが凄まじい強情者。

レジーナ・マイルズ
新米冒険者で回復術士。
生まれも育ちも王都の都会っ子。
オーリンの相棒を務める。
ワサオ
アオモリで人気者
だったフェンリル。
オーリンとは旧知
の仲。見知らぬ人
には懐かない気難
しい性格。

な、なすてすか!?
わ、わだっきゃ
このギルドばえどふとづだと思て
今まで尽ぐすてきたのに……!

パンダ……
モコモコ……
?
レズーナ、逃(ぬ)げろ!
いやああぁぁ!
全然!
全然違うじゃないですか!

ハケノクノバワノケヤグ、
アサマナマンツコサバ
ワノヒンヒェサバ
ワンシャ
ベコドノ

何を言ってるの？

目次

じょっぱれアオモリの星

おらこんな都会いやだ

佐々木鏡石

角川スニーカー文庫

23480

第一話　ギルド・バ・ボダサエダ（ギルドを追放された）

「オーリン・ジョナゴールド君。悪いんだけど、今日付けでギルドを辞めてほしいの」

──とんでもない場面に出くわしてしまった──。

ギルドマスターにお茶を出そうとしていた新米回復術士レジーナ・マイルズは、ドアの隙間から中を覗き込んだ。

巨大なマホガニー製の机に向かい、優雅に足を組んだマティルダは、怜悧な表情のまま、その場にいた人物にクビを言い渡した。

この冒険者ギルド『イーストウィンド』のギルドマスター・マティルダは、基本的に公私混同をしない冷静な人だ。

かつて『ダンジョンの白百合』と称され、王族からも求愛を受けたと言われるその冷たい美貌もさることながら、魔導師としての確かな実力、圧倒的な叡智、豊富な経験を見込まれ、若くしてこの由緒ある冒険者ギルドの総帥に就任している天才なのである。

公平で信義を重んじ、どんな逆境や苦境にあっても絶対に仲間を見捨てないリーダーとしての資質の確かさは、このギルドに所属してまだ半年でしかないレジーナもわかっていた。

だからそのマティルダがギルドメンバーに解雇を言い渡すということは、おそらく彼女の代では初めてのこと——要するに、よっぽどの理由があるということなのだ。

突然のギルド追放劇を盗み見しながら、机の前で雷に打たれたように硬直している青年を見た。

オーリン・ジョナゴールド、二十一歳。

この巨大冒険者ギルド『イーストウィンド』に所属して五年ほどになる中堅魔導師。

寡黙で朴訥（ぼくとつ）、あまり人付き合いが得意ではない方の魔導師で、何を言われても照れたようにはにかむだけの、目立たない青年。

顔立ちは結構悪くない方だと思うのだけど、いい年して彼に女っ気がないことからも、彼はとかく人を寄せ付けない人間であるのはわかっていた。

否（いな）——レジーナは否定した。

彼は孤独が好きなのでは、多分ない。

彼には孤独にならざるを得ない、重大な理由があるのだ。

その理由はまだ新米であるレジーナも、なんとなく予想がついていた。

オーリンは毒蛇に咬まれたかのように全身を硬直させ、目を見開き、震える声で絞り出した。

「な、なすて――⁉」

マティルダは額に手を当てて言った。

「どうかわかってほしいの。これはみんなの安全を守るための苦渋の決断なのよ」

マティルダは既にオーリンと視線を合わせようともしない。

この佳人には滅多にないだろう歯切れの悪い言葉に、そのオーリンは急き込んだように詰め寄った。

「な、なすてすか⁉　わ、わだっきゃこのギルドばえどふとづだと思て今まで尽ぐすてきたのに……！」

とオーリンはなんとか翻意を促すように言った。

いや――翻意を促していたのかはわからない。

状況から判ずるにおそらくそんなことを言っていたのだろう。

何しろレジーナには、彼が何を言っているのかわからないのだから。

「わ、わのどごばまねんだすか⁉　戦闘のどぎってばいっちばんさぎさたってけっぱってあったのすよ⁉　怪我人ばでればあさまがらばげまであずがってだのに！　そいでばまねがったんだすか！」

通訳、と小声でレジーナは呟いた。

ふわわわ……と、今しがたオーリンの言った言葉が王都の言葉に通訳され、虚空に浮かび上がる。

【私のどこがダメなのですか。戦闘の時は一番先頭に立って頑張っていたんですよ。怪我人が出れば朝から晩まで介護したのに。それではダメでしたか】

なるほど、やっぱりレジーナの予想通り、相当に食い下がっているようだ。何言ってるのかはわからないけど。

オーリンは必死の形相で頭を下げた。

「ご、後生(ごしょ)だす！　わさまねどごがあるんだば直すはんで、まんづこさ置いでけぇ！　わだっきゃこごばぼださえれば行くどごもなもあったもんでねぇびょん！　マツルダさん！　なぼでもわさ慈悲を――！」

必死の懇願に、ハァ、とマティルダはため息をついた。

「それよ」

「なんて――？」

「ねぇオーリン君。あなたが王都に来てから五年経(た)ったわね？」

マティルダは机に肘をつき、小さい子供に諭すかのように語りかけた。

「五年前にあなたがここに来た日のことはよく覚えてるわ――目をキラキラさせて、お父さんとお母さんからプレゼントされたっていう冒険者の服を着て、あなたは遥(はる)か東と北の間の辺境から王都にやってきた。あなたには確かに魔法の才能があった。これは成長すれば高位の魔導師、その上の魔導師も夢じゃない。私はそう感じた――けどね」

マティルダの目が鋭くなった。

「何年経っても――あなたのその猛烈な訛(なま)りが直ることはなかった」

ぎくっ、という表情でオーリンがマティルダを見た。

マティルダは目を光らせ、退路を断つかのように詰めた。

「最初は三年もすれば直ると思った。だって悪いけど本ッ当に何を言ってるのかわからなかったんだもの。これでは戦闘中に意思疎通ができない。これはつまりギルドのメンバーを大きな危険に巻き込む可能性があるということ――そういうことを考えたことはある？」

ビシビシと、その怜悧な美貌に相応しい言葉で、マティルダはオーリンの弱点を指摘してゆく。

「三年ぐらいであなたはどうにかモノになった。けれど、何故かあなたの話す言葉はほとんど直らない。しかも悪いことに興奮すればするほど濃ゆいお国言葉が出る。それに独学で学んだ魔法の詠唱も訛りだらけで、あなたの唱えている魔法が攻撃魔法であるのか防御魔法であるのか、それすらあなた以外には全くわからない。要するにあなたとギルドメンバーは連携が取れないのよ」

確かに――側で聞いているレジーナも、その理屈はわかる。

とにかく連携プレーが絶対のギルドの戦闘において、意思の疎通が困難なのは大きな問題だった。それが生命の危険がある場面であればあるほど、微妙なニュアンスが伝わらない、または伝えることができないオーリンの存在は大きなハンディ、否、大きな障害とならざるを得ない。

「あなたは根本的にギルドパーティの戦闘には不向きなのよ。徹底的にスタンドアローンの魔導師にならざるを得ない。もうキャリア的には中堅であるのに、あなたをリーダーとしてパーティを任せることができないのよ――そういうことを考えて、意識的にその言葉を直そうと思ったことはないのかしら？」

オーリンは愕然（がくぜん）としたような表情で顔を俯（うつむ）けた。本人がわかっていたのかわかっていなかったのかは不明だが――これは本人としては途轍（とてつ）もなく堪（こた）える一言だったらしいことは、その絶望の表情を見ればすぐにわかった。

よろよろと肩を揺らし始めたオーリンに、さすがのマティルダも矛を収めるしかなかったようだ。

ハァ、とマティルダは再び大きなため息をついた。

「とにかく、話は終わりよ。申し訳ないけど、あなたにはこのギルドからは出ていってもらうことになる。もう少し王都をウロウロするのもよし、故郷（くに）に帰るのもよし――その後のことは自分で選びなさい。今までご苦労さま」

なんだか、このギルドマスターにしてはやけに突き放した一言とともに、話は終わりだというようにマティルダは横を向いた。

オーリンは——というと、焦点の合わない目を虚空に泳がせ、何かをブツブツと呟いた後、小さく頭を下げて回れ右をした。

こっちへ来る。レジーナは咄嗟にドアの前から退き、茶が載ったお盆を持ったまま物陰に隠れた。

まるで幽鬼のような表情と足取りで、オーリンは人の間を縫うように歩き始めた。

オーリンが物陰のレジーナの横を通り過ぎた瞬間、レジーナははっとした。

その表情に——見覚えがあった。

焦点の合わない目。

土気色になった顔色。

この世の全てに裏切られてしまったかのような絶望の顔。

自分はなりたい自分にはなれないのだ。

そう事実を突き付けられてしまい、未来を見失った表情——。

レジーナは思わず立ち上がった。

すぐ背後で立ち上がったレジーナの気配にも気づかず、オーリンはよろよろと歩いていく。

ギルドのメンバーが絶望の表情を浮かべて歩くオーリンを不思議そうな目で見つめる。

その尋常ならざる様子に、何人か声をかける者もいたのだが――オーリンは一切その言葉に答えることなく、そのままゆらゆらと左右に揺れながらギルド本部のドアを出ていった。

なんだか、大丈夫だろうか。あのまま川かどこかにふらっと飛び込んだりはしないだろうか――レジーナがそんなことを考えていた時だった。

「レジーナ・マイルズ。盗み聞きが終わったなら入ってきなさい」

びっくぅ！　とレジーナは三センチばかり飛び上がった。

いっけね、そういえばギルドマスターにお茶を出すんだった――レジーナはドアを小さく開け、とりあえずの愛想笑いを浮かべた。

「あ、あはは、マスター……ちょっとお茶淹れるのに失敗してしまったので、また淹れ直してきますね……」

「そんなことはどうでもいいわ。いいから入ってきなさい、早く」

有無を言わさぬ口調でマティルダは命令した。

仕方なく、レジーナはすっかり冷めた茶を載せたトレーを持ったまま、おっかなびっくりギルドマスターの執務室に入った。

「扉を閉めて」

鋭く言われ、ドアを閉めて正面に向き直る。

しばらく、マティルダは言いたいことをまとめるかのように沈黙した後、この日何度目かわからないため息をついた。

「申し訳ないわね。とんでもない場面を見せてしまって」

「あ、あの、とんでもない場面、とは――?」

「ごまかしてんじゃないわよ。そっくり聞いてたんでしょ、今の」

ビシリと言われて、背筋が凍りつく。

あわわ……と狼狽(うろた)えると、マティルダが顔を俯けた。

「オーリンには悪いことをしてしまったわ。本当なら彼の能力を活(い)かせる場がこのギルドにあればよかったのだけれど――」

何度も言うが、その怜悧(れいり)な見た目とは裏腹に、マティルダはとても面倒見がよい人物で、仲間を切り捨てるとか無視するということは普通しない。まして、先ほどの突き放すような言い方をして人を追放することなど、こと彼女に限って言えば有り得ないとさえ言えると思う。それに、この表情と今の言葉――まるで今のオーリンのクビが不本意であったとでも言いたげな表情である。

その沈んだ表情を見ているうちに、レジーナはこの麗人に質問してみようかという気持ちが湧いてきた。

ゴホン、と咳払(せきばら)いをひとつして、レジーナは恐る恐る聞いた。

「あっ、あの、ギルマス！」

「何？」

「どうして――彼を追放するのですか？」

レジーナは率直に問うてみた。

「戦闘に不向きであるなら、事務方でもなんでも任せられる仕事があったのではないですか？　それに彼はここを追い出されたら王都に親戚縁者はいない。はっきり言って、彼は路頭に迷うことになると思うんですけれど――」

レジーナの問いに、ハァ、とマティルダはため息をついて無言のままだ。

「それにオーリンさんは寡黙で人付き合いは苦手でしたけど、魔法そのものは悪くないはずです。彼が五年もの間、このギルドにいたのがその証拠では。ギルマスは本当に彼を役立たずだと思ってるのでしょうか。ギルマスともあろう人が言い訳も許さずに彼を追放するというのは、なんて言うんでしょう、ちょっと不自然というか……」

「随分、彼をかばうのね」

ドキッ、と、心臓が跳ねた。

その声に脅すような色はないが、人の心を見透かしたような鋭さがあった。

思わず口を噤(つぐ)むと、マティルダは普通の声に戻ってぼやいた。

「私だってわかってるわ。でも、ああするしかなかった。彼の性格的に、温和な言葉で退職を促しても食い下がるのはわかっていた。だから突き放すしかなかった……」

しばらくして、マティルダは虚空を見上げた。

「ふう、もう少しシャキッとしたまま受け止めてくれるかと思ってたんだけど。あの調子じゃあ当分再起はムリかもしれないわね。まぁ、それも仕方がないことと言えば仕方がない。いずれ覚める夢なら覚まさせてあげたほうがいい」

「そんな――ギルマス！　それはいくらなんでも――！」

思わずレジーナは声を上げた。

「不祥事を起こしたわけでもない人間を追放するなんて！　冒険者は何があっても絶対に仲間を見捨てない、そうでしょう⁉　それなのに単に言葉が訛ってるから追放するだなんて、そんなの――！」

「あんまりだ、って？　あのままでは何にもならない彼をここで飼い殺すほうがあんまりなことよ」

そこでマティルダは乾いた声で笑ったが、その目は笑っていなかった。

一体どっちなのだ。彼をクビにできてよかったと思っているのか、はたまた甚だ不本意であったのか、表情からも声からも読み取ることはできない。

思わず沈黙してしまうと、マティルダはぼんやりとした口調で言った。

「彼にはね、夢があるの」

「夢――？」

「そう、夢。いつか自分のギルドを持ちたいんだって、いつだかそんなことを言っていた。いつか独立して、立派な冒険者になって、故郷に錦を飾るんだって、そんなことをズーズー訛りながら言ってたっけねぇ」

わざとこちらに聞かせるかのような口調でそう言い、マティルダは机に頬杖をついた。しばらく、オーリンがこのギルドに入ってきた当時を懐かしむかのように沈黙してから、マティルダはギルドマスターとしての声で、はっきりと言った。

「五年頑張って一度の挫折で折れるというなら、それで夢を諦めるというならそれもよし。その生き方は田舎者の彼には壮大すぎたってことよ。ここで折れるか、もっと頑張って、意地張って、それでもまだ夢を追い続けるか――それは今後の彼が決めること。私たちがとやかく口を出すことじゃないわ」

夢――その一言を聞いた途端、レジーナはハッとした。

さっきのオーリンの虚ろな表情は、まさに夢破れた人間そのもの。

かつての自分と同じ目だったことをレジーナは思い出した。

「あのっ、あの、ギルマス！」

レジーナは覚悟を決め、無言になったマティルダを正面から見つめた。

「すっ、すみません！　やっぱりこのお茶冷めてると思うんで、淹れ直してきますね！」

言い出してしまってから、その後、どのように言い訳しようか迷った。

しばらく考えて、レジーナはやけっぱちの声で言い募った。

「あの、それと、お茶っ葉も切れてしまったんで私、買ってきます！　最近ちょっといい茶葉を出す店を王都の郊外に見つけまして！　そこで買ってくるんで、あの、ちょっと私、今日中には戻らないかも……！」

その説明で納得されるかどうかはどうでもよかった。とにかく、何か言われる前にレジーナが踵を返そうとすると――フッ、という失笑が背後に聞こえた。

「レジーナ・マイルズ。まさか彼を追うつもり？」

全てを見透かしたような口調と一緒に、背中に突き刺さるような視線を感じた。

レジーナがなんと答えようか迷っていると、更にマティルダの声が聞こえた。

「あなたもなかなかの強情者だわ、追放された彼と関わり合いになろうなんてね。――時にレジーナ。あなたのスキルは何だったかしら？」

ぐっ、と、レジーナは返答に詰まった。

いざストレートにそう問われると、答えるのは辛いことだった。

自分だって――自分だって、このギルドにおいては役立たずと言われても仕方がない人間であるのかもしれなかった。

レジーナは少し返答を躊躇ってから、振り返らないままに答えた。

「私のスキルは、【通訳】――。【通訳】、です」


そう答えた声が、最後には震えた。

「そう……珍しいスキルだこと――」

マティルダが苦笑する声が聞こえた。

ちょうどいい、あなたもこのギルドを追放よ――マティルダの声は、もしかすればそう続くかもしれなかった。

半ば死刑判決を待つような気持ちで言葉を待っていると、不意に、背中に感じる視線が柔らかくなった。

「レジーナ、ここからは独り言よ。彼は仕事終わりには必ず王都外れの酒場に行くらしいわ。今夜は相当に荒れるでしょうね。彼、ああ見えて意外に意地っ張りよ。相当に面倒くさいでしょうから――気をつけなさい」

「ありがとう――ございます」

なんだかよくわからないけれど――マティルダの言葉は、柔らかかった。

そうする許しが出たと勝手に解釈して、レジーナはギルド本部から一歩を踏み出した。

◆

あの後、随分苦労して探し当てた酒場は——お世辞にも綺麗とは言い難い路地裏にあった。

おっかなびっくり扉を開けると、ただでさえ薄暗い店内の雰囲気はなんだか酷く淀み、沈んでいる気がした。

それもそうだろう。店内にいる全ての客が、一体アレはどうしたんだと言いたげな視線をチラチラと店の隅に注いでいる。

そしてそのテーブル席に座っているのは、魔導師のローブ姿の青年で——その青年はしくしくと泣きながらコップ酒を呷っていた。

一瞬、レジーナはどう声をかけようか迷った。

もしもし、とでも言おうか、それとも、大丈夫ですか、と気遣うべきだろうか。

レジーナがまごついていると、オーリンは涙に震えた声で呻いた。

「俺だばってわがってあったさ……こすたらだじゃごくしぇ男、王都でば馬鹿にさえるって……」

その言葉は酷く訛っているだけではなく、離れたここから聞いただけで、強く酒の臭いがした。オーリンは机に突っ伏し、ううう、と嘆き声を上げ、コップを握る指の力を強くした。

「んだたって俺さどうすろっつのや……なぼ努力すても王都の言葉など喋らいねし、何遍も喋てるごと聞ぎかえさえるし……こえでも努力はすたんだ、努力は……」

なんだか、相当気の毒な独り言だった。

それ以上、弱っているオーリンを見るのが忍びなく、レジーナはパンパンと背中を叩いた。

「もし、先輩、オーリン先輩！」

オーリンがゆっくりと顔を上げた。

うわぁ、悪くない顔立ちが涙と鼻水でべちゃべちゃになっている。

内心顔をしかめたレジーナを、オーリンは焦点の合わない目で見た。

「——ああ、おかわりは要らねはんで。なもあんつごどねぇはんでさ。落ちづいだば帰るはんで……」

「私は酒場の店員じゃありませんよ！　覚えてませんか⁉　レジーナです！　レジーナ・マイルズ！　イーストウィンドの新米冒険者です！　ほら！」

イーストウィンド。その単語に、オーリンの目が少しだけ正気を取り戻したように見えた。オーリンはしぱしぱと目を瞬かせて——結局申し訳なさそうに首を振った。

「ややや――悪(わり)ぃどもおべでねぇ。堪忍(かに)すてけろや」

　ああ、覚えてないんだ――レジーナは少しだけ落胆する気分を味わった。これでも彼の机にも毎日お茶汲(ちゃく)みしてたんだけどな。

　とにかく、とレジーナは気を取り直し言った。

「先輩、これ以上飲んだら身体に毒ですよ！　とにかく今日は宿を取って寝ましょう！　明日からのことは明日考えるべきです！」

「しゃすねな、ほっとげっつの」

　素っ気なく、オーリンは吐き捨てるように一息に唸(うな)った。

「お前(な)も俺(わ)のごどバガにしてけつかんだべや。こしたらなさげねあんこ、いまでばどすたあほづらさげてあしぇでるんだべどわざわざみにきたってがや。ホニごくろうなごったの。なぼでもわらったらいいべな」

【お前も俺のことを馬鹿にしているんだろう。こんな情けない男、今ではどんなアホ面を晒(さら)して歩いているんだろうとわざわざ冷やかしに来たのか。本当にご苦労なことだ。いくらでも笑えばいいだろう】――。

「いいえ！　私は馬鹿にしに来たわけじゃありません！　あなたを心配して追いかけてき

たんです！」

レジーナが少し大きな声を出すと、びくっとオーリンの背中が跳ねた。

「ギルドマスターだってそうです！　あの人はあなたの今後のことを考えてあなたを追放したんです！　でなければ私にあなたのことを託したりしませんよ！　とにかく、落ち込まないでください！　お酒も今日はもういいでしょう！」

レジーナの言葉に、酒で潤んだオーリンの目がちょっと驚いたように見開かれた。

そしてしばらくして、オーリンは呻くように言った。


「な、なんだや、お前ば――俺の喋てらごどわがるんだが」

【な、なんだよお前は。俺の言っていることがわかるのか】


レジーナは大きく頷いた。

「私のスキルは【通訳】ですから。たとえ犬猫の言ってることだって私には筒抜けですよ。先輩の喋っていることぐらい理解するのは簡単です」

「【通訳】――？　なんだばそのスキル？　聞いだごどねぇど」

「私だって同じスキルを持ってる人に出会ったことはありませんね。なにせ、何の役に立つのか自分でもよくわかりませんから」

そう言って、レジーナはオーリンの向かいの席に腰を下ろした。

「とにかく、今の言葉聞いてました？　マティルダさんはちゃんとあなたの将来を考えています。決してあなたが何を言ってるかわからないからって理由で追放したわけじゃありません。現にあなたを追おうとした私を止めなかったどころか、あなたがここにいることまで教えてくれた。これが何も考えずにあなたを追放した人間のやることだと思いますか？」

それを聞いたオーリンは少しだけ眉間に皺を寄せたが、それだけだった。すぐに元通りの不貞腐れた顔に戻ってしまう。

「へ、慰めでくれんのももういいでば」

オーリンは物凄く酒臭い声で吐き捨てた。

「お前の喋てるごどがその通りだったどすてよ、だがらって俺さどうすろっつのや。どうせ俺だっきゃ、王都のどのごさ行っても何喋てんのがわがんねって、どこのギルドさも相手にさえねぇべ。もう尾羽打っ枯らして田舎さ帰るすかねぇべや」

「そんなことわかりませんよ！　それに冒険者するなら必ずしもどこかのギルドに入らなきゃならないわけじゃありません、そうでしょう！」

「一人で冒険者ギルドやってます、ってが？　馬鹿でねぇがお前は。すたな情げねぇ形さなってまで冒険者するぐれぇだば俺は田舎さ帰るでば」

せせら笑うように言ったオーリンに、流石にレジーナもムカッとした。ここまで人が励ましてやってるのに……という思いから、ついつい頭にきた。

レジーナは思いっきり机の天板を叩いた。ガチャン！ という音が発し、酒場の空気が固まる。その行動に流石のオーリンも少し驚いた表情になった。

「わかった、わかりましたよ！ そこまで言うならこっちもとことん付き合います！」

レジーナは真っ直ぐにオーリンの黒い瞳を見つめた。

「あなたと、私で、冒険者パーティを組みましょう！」

は――？ と、オーリンが呆気にとられた表情を浮かべた。

しばらく、いきり立って椅子から腰を浮かせたままのレジーナを見て、オーリンが呟いた。

「お前ど俺で、冒険者パーツーって――？」

「これでも私、回復術士ですから！ それなりに経験もあります！ まぁ魔導師と回復術士だけだとバランス悪いですけど――それでも一応パーティとして形にはなるでしょう⁉」

オーリンは酒のせいで潤んだ瞳を、わけがわからんというようにパチパチと瞬いた。

自分が無茶苦茶（むちゃくちゃ）言っているのは十分に理解していたが、レジーナは半ばやけっぱちで言い張った。

「とにかく、人がこうやって必死に励ましてるんだから、お願いだから少し冷静になってください！　最初はたった二人でもいつかは仲間も増えますよ！　ちょっとギルドをクビになったぐらいでおめおめ田舎（いなか）に帰るより、そっちの方がよっぽどマシじゃないですか！　ねぇ！」

レジーナが一息に捲（まく）し立（た）てた、その時だった。

不意に背後に殺気を感じて、レジーナは背後を振り返った。

「おい、あんたら」

ずん……と効果音が聞こえそうな圧とともに、目の前に筋骨隆々の男が立った。どう見ても用心棒でございい、というような強面（こわもて）である。うわ、とレジーナが息を呑（の）むと、男は傷だらけの顔でこちらを睥睨（へいげい）した。

「なんだか事情はわからないがよ、アンタみたいに陰気な客とギャーギャーうるさい客に居着かれると場が沈んで仕方ねぇんだ。今日の払いはツケといてやるから、そのお嬢ちゃんの言う通り、今夜のところはもう帰んな」

拒否するなら嫌でもそうなるぜ、と続きそうな声に、大声を上げ続けていたレジーナは思わず固まってしまった。どうしよう……と震えていると、ゆらりとオーリンが立ち上がり、男の肩を叩いた。

「ああ、めやぐすたでぁ。喋らいだ通り、帰るはんで」

【ああ、すみませんでした。言われた通り帰ります】

そう言って、オーリンは椅子から立ち上がると、ゆらゆらと千鳥足で店を出ていった。

「あ、ちょっと!」と慌てて、レジーナもその後に続いて店を出た。

◆

「ちょ、ちょっと先輩! どこ行くんですか!」

「宿など取らねぇ。田舎さ帰る」

「どうやって!」

「歩いていぐさ。二本の足でな」

「何を言ってるんですか! 落ち着いてくださいよ!」

危なっかしい足取りで王都郊外へ歩いていこうとするオーリンの前に回り込みながら、レジーナは大声を出した。

「いいですか!? 落ち込んでるのはわかりますけど、落ち着いてください! 大体歩いていけるわけがないでしょう⁉　なんの用意もなしに、おカネも持たずに！」

「お前の知ったごでねぇ。とにがぐほっといでけ」

「ほっとけませんよ、こんなベロベロの酔っ払い一人で！　どこかですっ転んだりしたら大怪我しますよ！」

　あくまで諦めるつもりのないレジーナに、ほとほと呆れたというようにオーリンは言った。

「俺ごど心配すけでるのばわがるけどよ、わんつかすつけで、お前よ。なすておらだけんた小者さかがわりあいになんだば？　マツルダさんさはなんどでも喋れるべや。ほっどげっつの」

【俺のことを心配してくれているのはわかるけれど、ちょっとしつこいぞ、お前。何故俺のようなつまらない人間に関わってくるんだ。マティルダさんにはなんとでも言い訳ができるだろう。放っておいてくれと言ったんだ】

「あなたがそれでよくても、私はあなたを放っておけないんです！」

　なんで私がこんな田舎者の説得なんか――。

　あまりに頑固なオーリンの言葉に、心配でやってることとはいえ、なんだか腹が立ってきた。

　ほとほとこの纏わりつく小娘に嫌気が差したというような態度と表情で、オーリンは無言でのしのしと歩き始める。

「先輩！　先輩ったら！」

　呼びかけても、もう徹底的に無視しようと決めたらしいオーリンは立ち止まらない。後先考えずにローブの端に縋りつくと、流石に頭にきたと見えるオーリンが、ほとほとうんざりした表情を浮かべたのも一瞬、数秒後には顔を歪めて怒声を張り上げた。

「わいわい、かちゃますぃんだばこのバカコ！　さきたがらほっといてけろって喋っちゃあべな！　お前みでな都会者さ俺の気持ちコなどわがるわげねえっ！　なも知ゃねくせに関わってくんでねぇ！」

【おいおい、どれだけ鬱陶しいんだこの馬鹿女が。さっきから放っておいてくれと言っているだろうが。お前のような都会者に俺の気持ちがわかるわけがないだろう。何も知らないくせに関わってくるんじゃない】

　その声とともに、ローブを掴んだレジーナの手が鋭く振り払われた。意外なほどの剛力に「痛った……！」と悲鳴を上げると、思わず力が入ったことに驚いたのか、オーリンが少しはっとしたような表情を浮かべたが、それも一瞬のことだった。これだけ強く拒絶すれば流石にもうついては来ないと思ったのか、それきりオーリンは振り返ることもなく、王都の闇に消えていこうとする。

「私が何もわからない、って――」

あまりにも強情なオーリンの態度に、レジーナの頭に音を立てて血が昇った。

「私が、何も知らない、何もわかるわけがないって――！」

ブチッ――と、頭の中で何かがちぎれる音がした。

レジーナは地面に視線を落とすと、路傍に腕ほどの太さがある木切れが転がっていた。それを無造作に拾い上げたレジーナは、ずんずんと去っていくオーリンの後頭部めがけ、思いっきり木切れを投げつけた。

回転しながら空（くう）を飛んだ木切れが、パカーンと音を立ててオーリンの頭を捉えた。「わ痛（で）ぁ!!」と悲鳴を上げて頭を押さえて立ち止まったオーリンに、レジーナは肩を怒らせて歩み寄った。

「ぐ、ぬぬ……！　な、何すんだばこのォ……！」

「今ので目ェ覚めたか、この酔っぱらい！　今なんて言いました!?　私が、何も、知らないって、そう言ったんですか！　一人で勝手に腐るのもいい加減にしてくださいよッ!!」

レジーナは体を精一杯背伸びさせて、オーリンの胸倉を両手で掴んだ。

お前には何もわかるわけがない――そう言われたのが悔しくてたまらず、思わずレジーナの両目に悔し涙が浮かんだ。

ぎょっ――と、オーリンが目を見開いた。「お前……」と続けたきり、言葉が続かないらしいオーリンはそれきり絶句してしまった。

ふーっ、ふーっ……！　という自分の呼吸音をうるさく思いながら、レジーナは自分の一・五倍は背の高いオーリンの顔に向かって真正面から怒鳴りつけた。

「私が！　なんにも知らないなら！　こんなに食い下がりませんよ！　私がなんにも知らないで追ってきたんだって、アンタはそう思うんですかッ！」

その罵声の凄まじさに気圧され、オーリンの目が泳いだ。その隙間にねじ込むようにして、レジーナはオーリンの胸倉を揺さぶった。

「本当に先輩はいいんですか！　お父さんとお母さんの期待を背負って田舎から出てきて！　たった一度挫折したから帰る、それでいいんですか！　先輩のお父さんとお母さんがどれだけガッカリするか……それを考えてもまだ田舎に帰ろうって言うんですか！」

つい、言わないでおこうと思っていた言葉が口を衝いて出たのは、その時だった。父と母。その言葉に、オーリンの碁石のような黒い瞳が激しい動揺に揺れた。

「ギルマスから聞きましたよ！　先輩は五年前、田舎から王都に出てきたそうですね！　お父さんとお母さんの期待を背負って！　せっかく王都でこれだけ頑張れたのに、ちょっと挫折したからって諦めて家に帰る、それが本当に先輩の望んだことなんですか⁉」

その言葉に、オーリンの顔がぐしゃっと歪んだ。

途端に、今までのほろ酔い気分とは違う、殺気のようなものがオーリンの身体から放たれる。

収まらない自分の息の乱れを整えようと躍起になっているレジーナの顔を、なんだか怒ったように睨みつけてから、オーリンは思いがけないことを言った。

「――俺ほの田舎のごどば、お前、知ってらか」

【お前、俺の田舎のことを知っているか】

レジーナは首を振った。

オーリンは少しだけ息を深く吸い、離してくれ、というように胸倉を摑んだレジーナの手を叩いた。

レジーナが手を離すと、オーリンはしばらく沈黙してから、静かに語り出した。

「俺の田舎ば、アオモリどいう」

「アオモリ――？」

思わず、オウム返しに訊いてしまった。

アオモリ――それはこの国で使われている言語のどれとも違う、不思議な語感。レジーナも知らない秘境の名前だった。

「知らねべな。東と北の間の果て、この大陸一番の辺境だ。人もあまり住んではねぇ。もぢろんギルドなんつものもねぇし、冒険者パーツーずのもねぇ。それだけじゃねぇど。魔導式映像機器もねぇ、魔導式聴音機器もねぇ、魔導式自律走行車もそれほど走ってねぇ。王都でばあるものが、アオモリだばなんにもねぇのさ。東には広大な砂漠、西は人ば寄せつけねぇ深い森、南にはドラゴンば住む巨大な湖、北の果てには、この世の地獄――。砂と山ばりの土地で、冬は何メートルと雪コば積もる不毛の大地だ」

レジーナの顔から視線を外し、オーリンは遠くを見つめながら言った。

「懐かすぃなぁ、もう五年も帰ってねぇのが――。アオモリにはトラやコブラもいるし、ゾウもいて、そらだは大きく、太古のままに生きている――。俺の子供の頃の遊びといえば、オイワキ山やハッコーダ山から降りてくるドラゴンの子っこを捕まえで遊ぶごどであった――」

「ど、ドラゴンがいるんですか……?」

「へ、お前には想像もつかねぇべな」

オーリンは魁星が輝く地平線の向こうを眺めた。奇しくもそれはオーリンの故郷がある方角——東と北の間の方角だった。

「俺はそこのツガルどいうどごで生まれ育た。平和などこでさ、リンゴやとうもろこしが美味くてな——俺の家ばリンゴ屋であった。全体そうだども、俺の家は村でも特に貧しがった。それでも、俺のお父どおっ母は俺を何不自由なぐ育ててくれだ」

　はぁ、とオーリンはため息をついた。

「この国でば、十五歳のどき、儀式でスキルば覚醒させるべ。俺さば【魔導師】のスキルがあってった。お父とおっ母は喜んでくれでな。お前の才能ばツガルで腐らせるわげにはいかねぇ。きっとお前ば都会で眩しく輝く星コさなって戻てこいど——借金して支度して、立派に俺を送り出してくれた」

　オーリンは空を見上げた。

「俺にも夢があった。本当はよ、アオモリで冒険者ギルドばすてぇんだ、俺は。アオモリは辺境だがらの。十五さなっても働くどごろはねぇ。みんなみんな、リンゴやるが農業やるが漁師やるがだ。家がそうでねぇ人間はアオモリには残れねぇのさ。みんな故郷ば捨てて都会さ出稼ぎにくるすかねぇ。そいっだがらアオモリは寂れる一方でな。ヒロサキも、ツガルも、ゴショガワラも、ハチノヘも、シラカミもムツもミサワも、若い人々がいねぇがらみんな元気無ぐなってまってな。どんどん寂れでぐアオモリば見るのが、俺は嫌くて、悲しくてな——」

オーリンは自分の右手を見た。まるでそこに砕けた夢の欠片が載っているかのように、じっと自分の掌を見つめたオーリンの声が、にわかに震え始めた。

「俺が都会で経験ば積んで、なんとか冒険者どすて有名になればさ、俺と冒険者やりでぇって言ってける人がいればさ。俺の友達んども地元さ残れるようになるがもしれねぇ。皆で冒険者やるべしって、一緒に参加しろって誘って。そうすればアオモリも元気になるがもしれねぇ。俺はそう思ったんだ——だども」

それも、今日で終わりだ——。

そう言うように、ガックリとオーリンは俯き、背を向けてしまった。

「どうやって謝ったらいいべ、お父どおっ母さ——」

その時、レジーナの印象が間違いでないならば——。

オーリンはおそらく、隠さず泣いていたと思う。

「村だ総出で送り出してくれだのに、アオモリの訛りが元でギルドば追い出されたなんて、俺、俺、申し訳なくて親さも友達さも言えねぇよ——」

オーリンは顔を覆い、しゃがみ込んで胎児のように身体を丸め、慟哭した。

今までの苛立ちもどこへやら——レジーナは情けなく背中を丸め、深く絶望しているオーリンに、なんだか深い同情を覚えた。

今までは単なるうだつの上がらない田舎者だとばかり思っていたが、オーリンが冒険者になった背景には、とても同情せずにはいられない故郷の切実な事情があったのだ。

そうだ、そして彼にとってお国訛りとは、単になかなか取れない障害ではなく、遥か先にある故郷を誇りに思う気持ちそのものだったのだ。そうでなければこの五年間、彼の言葉が僅かでも直されなかったはずはない。

だが、皮肉なことにその訛りが彼の将来を閉ざしてしまうなんて――それは考えただけでとても辛いことであるに違いない。夢に破れ、目標を見失い、ただただ慟哭するしかないオーリンを、レジーナは深く気の毒に思うしかなかった。

「先輩……」

思わずレジーナがオーリンの背中に手を回し、その広い背中をさすった、その時だった。

「おっ、お前、オーリンじゃねぇの？」

ガラの悪い声が聞こえ、レジーナは顔を上げた。

ひと目見てその意地の悪さがわかる顔つきの金髪の男は、さも面白いものを見つけたというように肩を揺らしながら歩いてきた。

その顔に見覚えがある。この男は確か――。

「ヴァロン――？　あなた、どうしてここに――？」

「あァ、誰がひっついてるかと思えば、お前、お茶汲みのレジーナかよ？」

ゲヒヒ、と小馬鹿にしたように笑い、ヴァロンはぐい、とレジーナの顔を覗き込んだ。

「なんだァお前、なんでこんな田舎モンと一緒にいるんだ？　股でも開いて小遣い稼ぎでも始めたのかよ？　一見してもコイツは上客じゃなさそうだけどなァ」

下品な物言いとともに、ヴァロンは拳でオーリンの頭を小突いた。

厄介な人間に捕まった――レジーナは内心で歯噛みした。

ヴァロン・デュバル――巨大冒険者ギルド・イーストウィンドで第一線を張るSランクの剣士である。この国でも希少な【魔剣士】のスキルを持ち、その天才的な太刀筋と圧倒的な魔力量で幾多の死線を掻い潜ってきた歴戦の兵。実力だけで言うなら、彼は王都どころか大陸一円に名声が轟く冒険者の中の冒険者だ。

だが――その性格はお世辞にも、人の範となるべきようなものではない。

己の希少なスキルを鼻にかけ、ギルドメンバーを完全に見下し、弱いやつは仲間ではないとコケにして恥じない性格。

仲間の背中越しに攻撃を放つこともしばしばと言われ、何人かは実際に彼の手にかかって命を落としたのだとまことしやかに囁かれる評判の悪い男だ。

圧倒的な実績がありながらも、その素行の悪さからギルドマスターのマティルダにとってはまさに目の上のたんこぶとなっている男だった。

レジーナはなるべく平静を装いながらヴァロンに言った。

「ヴァロン、悪いけど今は取り込み中なの。絡むなら後にして」

「なんだァお前、いつからＳ級に意見するようになったんだ、ランク外のお茶汲みの分際でよ、ええ？」

厄介なことに――その時のヴァロンの口からも、強く酒の臭いがした。

参った――レジーナは自分の不運を呪った。ヴァロンはその性格の悪さ以上に、それに倍する酒癖の悪さを王都中に知られている男なのだった。虫の居所が悪ければ見境なく人をぶちのめすこともしばしばで、一度暴れ出したら王都の衛兵隊が束になってかかっても敵わない。畢竟、この男が酒場で暴れるたびにイーストウィンドの名声は地に堕ち、その巨額の賠償は彼を切ろうとしても切れないギルドが負担することになるのだ。

「ところでオーリン、聞いたぜ。お前、マティルダからギルドを追放されたんだってなァ」

ヴァロンはごつごつと拳でオーリンの頭を小突いた。ゲヒヒ、と、ゴロツキそのものの笑い声を上げ、オーリンの顔をさも面白そうに覗き込む。

「しかも追放理由が笑っちまうじゃねぇか。なに喋ってるかわからねぇから追放って――俺は笑いが止まらなかったぜ、えェ？　こんな理由でクビになった人間はこの世にお前ぐらいだろうな、おい」

オーリンが顔を上げ、ヴァロンの顔を睨むように見た。無表情の中にも、明らかな軽蔑を潜ませた視線がカンに触ったのか、ヴァロンの眉尻が痙攣した。

「んだよお前。なんだそのツラは？　なんか言いたいことあるのか、ええ？　言ってみろよ、どうせなに言ってんのかわかんねェだろうけどなァ」

　途端に、ヴァロンの身体から猛烈な勢いで酒の臭いが漂い始めた。

ただでさえ赤い顔が更に赤黒く変色し、オーリンに食いつくように顔を寄せる。

「俺は慰めてやろうとしてんだよ、あァ？　これからどうすんだ、お前。背中丸めて田舎に帰るんだろ？　餞別に俺が笑ってやろうってんだよ、ありがたく笑われんのがお前らザコの仕事だろうが、違うか？　おい、なんとか言えよ――」

それでも、オーリンの表情は筋一本動かない。まるで彫像のような無表情でヴァロンの顔を睨み続けている。

　それを見ながら、ヤバいヤバい、とレジーナは言いようのない緊張を覚えた。

　この流れはよくない。何しろ、ヴァロンは性格は最悪だが実力は本物だ。ここで殴り合いにでもなればオーリンといえど全く敵わない実力者なのは間違いない上、一度暴れ出したら気が済むまで暴れ続ける――そういう男だ。

「ね、先輩。気にしちゃダメですよ。お互い酔ってるんですから、ね――？」

咄嗟に、レジーナはオーリンの腰のあたりに抱きつき、ヴァロンから引き離そうとした。

　その一言に、ヴァロンがレジーナを睨みつけた。

「んだよお前、俺が難癖つけてるとでも言いたいみてェだな」

「あ、いや、そんなことは――とにかく先輩、行きますよ！　ほら――」

「待てってんだろうが！」

ヴァロンに髪の毛を掴まれ、有無を言わさずに引っ張られる。突然捻じ曲げられた首の痛みを呻く間もなく、酒臭いヴァロンが顔を寄せてきた。

「そういやお茶汲み、お前のスキルも確かクズみてぇなスキルだったな。【通訳】――だったか、お前のスキル？　こりゃ傑作だよ。そんなクズスキル持ちのくせに、よくイーストウィンドの門を叩けたもんだって、俺たちよくお前のこと噂してんだぜ？」

せせら笑うヴァロンの声に、じりっ……と、レジーナの心の中で炎が上がった。

そんなことはわかっていた――自分は、根本的に冒険者などには向かない人間であることは。オーリン以上に、自分の持っているスキルが、冒険者向きではない、何の役にも立たないスキルなのは、自分がよく身に染みてわかっている。

なにしろ、十五歳で行われるスキル覚醒の儀式で発現した自分のスキル。

それは憧れだった【回復術士】でも【魔導師】でも【テイマー】でも【治癒師】でも【剣士】ですらない――【通訳】という、意味不明なスキルだったのだから。

以来、周りの人間はレジーナのことを遠巻きにするようになった。周囲からはクズスキル持ちとして馬鹿にされるようになり、今まで一緒に回復術士を目指そうとしていたはずの仲間さえ、レジーナのスキルが回復術系でないということを知った途端、あっという間に離れていった。人間がどれだけ軽薄で、残虐で、能力や素質で人を差別して恥じない、残酷な生き物なのか。まだ十九歳でしかないレジーナは、既に骨の髄まで知っていた。

けれど——どれだけ馬鹿にされても、自分には夢があった。

立派な回復術士になり、傷ついたり、苦しんだりする人々を助けるという夢が。

如何に自分にその才能がなくても。

求められていない人材であったとしても。

必死に努力し、経験を積めば、いつかは芽が出るかもしれない——。

それに一縷の望みを託し、王都の回復術士のもとで数年の下積みを経てから、レジーナは冒険者ギルドの中でも最大のギルドであるイーストウィンドの門を叩いたのだ。

「おお、そうだそうだ。お前のクズスキル、この何言ってんのかわかんねぇクソ田舎者とはお似合いじゃねぇの？　どうせコイツと一緒にいるってことは、お前もマティルダから追放されたんだろ、な？　今からこいつの馬の糞だらけの田舎に帰って所帯でも持ちな。ガキでもこさえりゃそこそこ幸せに——」

その一言に、レジーナの怒りが一層燃え上がった。

歯を食いしばり、ヴァロンのニヤケ面めがけて唾を吐きかけてやる。

びちゃっ、と頬に唾が張り付いた途端、ヴァロンが一瞬で赤黒くなるほどに激昂した。

「このアバズレが——！」

その怒声とともに、レジーナの顔に鋭い痛みが走る。

うっ、と顔を背けて手で覆うと、鼻から滴った鮮血で掌が汚れた。

思わずヴァロンの顔を睨みつけ、レジーナは涙目で吐き捨てた。

「このクズ！」

その一言に、ヴァロンの両眼が零れ落ちんばかりに見開かれた。

「このアマ――！　今なんつったァ⁉」

馬鹿、殴られたぐらいで済むならまだマシじゃないか――！　冷静になれと叫ぶ頭を無視して、レジーナはなおも罵声を浴びせた。

「クズ、って言ったのよ！　このチンピラッ！　私にだってちゃんと意地くらいある！　アンタみたいなクズ男に馬鹿にされる筋合いなんてないんだから！」

レジーナは殴られた頰を押さえながら叫んだ。

「才能がない、スキルがない、だからなに⁉　だったらむしろ上等だわ、私は努力して意地張って、ちゃんとやりたいことをやる！　なりたい自分になってみせる！　アンタみたいにスキルを鼻にかけただけで偉ぶってるドチンピラとは見てる世界も考えてることも違うのよ！　わかったらさっさとどっか行け、この酔っ払いのドクズ男ッ！」

「言わせておけばざけやがって――‼」

目を剝いたヴァロンが、大きく拳を振りかぶった。

殴られる――！　レジーナがぎゅっと目を瞑った、その瞬間だった。

「【拒絶（マネ）】」

その声は鋭く、雷鳴のように響き渡った気がした。

いくら待っても、殴られる衝撃が来ない。

え——？　と薄目を開けたレジーナは、次の瞬間、驚愕（きょうがく）に目を見開いた。

「なによ、これ——？」

目の前にあったのは、光り輝く幾何学模様の魔法陣。

不思議な色に発光した障壁魔法がレジーナの目の前にあり——自分の鼻を潰すはずだったろうヴァロンの拳を、真正面から受け止めていた。

目の前の光景に驚愕したのは、ヴァロンも同じだったらしい。

「な——!?」

突然現れたこの防御障壁は一体誰のものなのか——。ヴァロンが流石（さすが）はSランク冒険者の勘で辺りに素早く視線を走らせた、その時だった。

「おい、とうもろこしのカス（きみがら）頭」

低く、ドスの利いた声——その声が一体どこから発せられたものか、一瞬レジーナは測りかねた。

その声に気圧(けお)されたように、拳から鮮血を滴らせながら、ヴァロンはよたよたと後退(あとずさ)った。

「女(おなご)さ手ば上げるよんたクズ(たふらんきゃ)、アオモリだばどご探してもいねど。お前(な)、自分(ずぶん)がなにやってらがわかっているのか(おべでらんだが)？」

「な、何を――⁉」

言っていることはわからないが、とにかく馬鹿にされていることはわかったらしい。ますます赤黒く変色した顔でヴァロンが喚(わめ)いた。

「んだよコラァ！　障壁なんていつ出した⁉　お前か！　お前が――やったのか‼」

「だったら何だ(せばなんだってや)」

「ふざけやがってェ！　いっ、一体何の手品だァ――⁉」

今度はオーリンに矛先を向けたヴァロンが思い切り拳を振りかぶった。

うわ！　とレジーナが悲鳴を上げる直前、再び雷鳴のような声が響き渡った。

「【連唱防御(ヘズネ)】」

その瞬間、オーリンの目の前に再び光り輝く防御障壁が現れ、ヴァロンの拳を真正面から受け止めた。ゴリ……！　と身の毛もよだつ音がヴァロンの拳から発し、うぎゃあっとヴァロンが耳障りな悲鳴を上げた。

「な――なんだお前は⁉　いっ、いつ詠唱した⁉　この防御障壁はどっから出してるんだよ⁉」

砕けた右手をかばいながら、血相変えてヴァロンが喚く。

それを見ながら、レジーナはぽかんとオーリンの背中を見ていた。


一体この人は今何をしたの、何を――⁉


通常、ある魔法を発動するにはある程度の長い詠唱が必要で、即時展開は不可能だ。それ故、その詠唱をする時間を稼ぐのがパーティの他のメンバー――戦士や剣士の役割である。攻撃は強力だが即応性を持たない魔導師は、戦闘中でも攻撃の届かない後方に控えているのが一般的な常識だ。

だが、今の障壁は間違いなくオーリンが出したもの――。

それは間違いないのに、オーリンが詠唱をした形跡はない。

なにか一言――わけのわからない言葉を呟いていただけだ。

「ふざけやがってふざけやがってふざけやがってェ！ 俺をキレさせたらどういうことになるか教えてやらァッ！」

もはや冒険者でもなんでもない、ゴロツキそのものの声を張り上げて、ヴァロンは腰に帯びた剣を抜き放つ。

途端に、その剣がぼうっと発光したかと思うと、凄まじい高熱を発して燃え始めた。

王都内で魔法剣を抜くなんて――！　レジーナは正気を疑う声でヴァロンに向かって叫んだ。

「ちょ、ちょっとヴァロン！　何考えてるのよ！　ギルドメンバー同士の喧嘩（けんか）は御法度（ごはっと）で――！」

「やかましいぞ腐れ女！　殺す！　お前は絶対にブチ殺す、覚悟しろよ田舎者（いなかもの）がァ――！」

「うるさいな（しゃすね）――【鎮火（ウルガス）】」


オーリンが呟いた瞬間、ドバッという音とともに、ヴァロンが構えた魔法剣から水が滴り、じゅう、という音を立てて火が鎮火した。

今度こそぎょっと目を見開いたヴァロンは口をあんぐりと開け、オーリンの顔と剣の両方に視線を往復させた。

「な――!?」

「どうした（どすたば）Sランク。俺を斬る（わごだきたぐる）んでねぇのか」

「あ――う――！」

激しく狼狽（ろうばい）したヴァロンは、終始何が起こっているのかわかりかねているようだった。

さっきまでの威勢はどこへやら、まるで怪物に出くわしたかのように色をなくした顔で呻き声を上げるだけだ。

「こ、この——！　俺をコケにすんのも大概に——！」

「【強奪（グレリ）】」

その瞬間だった。まるで手品のように、ヴァロンの手から魔法剣が消えた。あっ、と声を上げたレジーナと違い、ヴァロンは一瞬、そのことに気がつかなかったらしい。一歩踏み込もうとして手の中にあるべき重さが消えていることに気づいたヴァロンが、何もない己の両手を見て声なき悲鳴を上げた。

「ほほう（わいは）、悪ぐねぇな。これだば良（い）ぐ斬れるだろう（びよん）——」

オーリンは手の中に握られた魔法剣をしげしげと眺めて感嘆した。無論——その光景を目の当たりにしたヴァロンは、あ！　と短く悲鳴を上げ、細かく震え始めた。

それを見ながら——。

レジーナは今日の朝に聞いたマティルダの言葉を思い出していた。

『オーリンには悪いことをしてしまったわ。本当なら彼の能力を活（い）かせる場がこのギルドにあればよかったのだけれど——』

あのマティルダの言葉は一体、どういう意味だったのか。

あの言葉は、このイーストウィンドでは彼の力を持て余してしまうことになると、まさかそういう意味ではなかったのか。

オーリンにそれだけの実力があるなら。

オーリンが魔法を出す際に一言呟いている、あれが魔法の詠唱だとするなら。

導き出される結論は、畢竟、ひとつしかない。

レジーナは呆然と呟いた。

「無詠唱、魔法――？」

もし、オーリンの扱う魔法が、伝説に名高いあの無詠唱魔法だとするならば。

歴史にその名を残す大魔導師たちだけが扱えるというあの無詠唱魔法に、ごく近似するものであるとするならば――。

のしっ、と、オーリンは一歩、ヴァロンに近寄った。

ヴァロンは恐れをなしたように一歩退き、二歩退き、そして必死の笑みを浮かべた。

「お、おい、冗談だろ？　お――俺になにしようってんだよ……!?」

ヴァロンは一歩、また一歩と下がりながら引きつった愛想笑いを浮かべた。

オーリンは無言で、もう一歩歩を進める。

「な、なぁおい、わ、悪かったよ――謝るよ。だ、だから、おい！　こっち来るな――！」

「先に乱暴なごとしたのはお前でねぇのが。こんなもの振り回し腐って、いい気なって――殴られるのも覚悟の上だべ？」

無造作に魔法剣を傍(かたわ)らに投げ捨て、オーリンが一歩踏み出した。

ひい、とヴァロンは泣きそうな声で呻(うめ)いた。

「謝るのなら俺じゃない(ごめんすんだばわさでねべ)。お前が殴ったこいつに詫びろ(ながふたいだこいさあやまれ)。二度とこんなことをしません(ぬんどこしたごどしねっす)、許してくださいと言え(かんにんしてけろってしゃべれ)」

すごい、【通訳】のスキルを以(もっ)てしても半分何を言ってるのかわからない——！

レジーナが少し興奮している横で、ヴァロンがぽかんとした顔を浮かべてオーリンを見た。

「早くしろ(はぐせ)」

その言葉の冷たさに、遂(つい)にヴァロンは短く悲鳴を上げた。そのままとりあえずというように地面に這(は)いつくばり、ヴァロンは目の前の恐怖から逃れるように額を地面に擦(こす)り付けた。

「わっ、わかった！　謝る！　二度とこんなことはしねェよ！　だ、だから、頼む、見逃してくれッ！　ど、どうか、どうかお願いします——！」

仮にもSランク冒険者、仮にもあの素行の悪さで知られたヴァロンが、ガタガタと震えながら無様に背中を丸め、額を擦りつけて命乞い——。

この光景を見ている者がいたら大騒ぎになるに違いない土下座劇を睥睨(へいげい)しながら、オーリンはぱっとレジーナを見た。

「どうだ（どんだ）？」

「へ？」

「こいでいいが？」

「は、はぁ――まぁ、正直許せませんけど――」

「それならもう少しいじめるか（そいでばますこしふじゃらめぐが）？」

「あっ、いいです！　もうそれでいいです！　もう勘弁してやってください！」

本気でやりかねない表情のオーリンに言うと、オーリンの表情が緩んだ。

そのままヴァロンに背を向け、レジーナに向かって手を伸ばした。

「立つべし」

「は、はい、あの――」

「なんだ？」

「あ、あの、今の先輩の魔法、あれは一体――？」

「え（いい）？　何が？」

オーリンはキョトンとした顔でレジーナを見た。

えっ？　とレジーナもオーリンの顔を見つめた。

「何がおがすぃが？　俺（わ）の魔法」

「えっ、ええ――？　気づいてないんですか？」

「何喋ってらんだお前、あれは単なる魔法だべ。魔導師なら使えて当たり前だべ。なもおがすぐねぇべ」

「だっ、だって！　さっきの全然詠唱してないし！　おかしいですよ！　そんな魔法使える人間が一体この世界に何人いると思って――！」

そこまで言った瞬間だった。ゴウッ――！　と、まるで花火が打ち上がったかのように、赤黒い光がレジーナたちの背後から発して周囲を照らした。

びりびりと肌を震わすほどの物凄い魔力の噴出を感じて、レジーナははっと目を見開いた。

「コッ……この野郎がァ――――!!」

レジーナが背後を振り返ったのと、半ば正気を失った絶叫とともにヴァロンが魔法剣を振り抜いたのは、ほぼ同時のことだった。禍々しいまでの魔力が込められた魔法の斬撃が、じゅう、と大気を焦がすような音を立てたかと思うと――凄まじい速度で土塊を巻き上げながらオーリンに迫ってくる。

レジーナが悲鳴を上げた瞬間だった。

ふーっと、オーリンが呆れたように長く細いため息をつき、右手をさっと前に差し出した。

「【上位拒絶】」

　オーリンがそう鋭く令した瞬間だった。ヒュン──と、矢が風を切るような音とともに、巨大な魔法陣が眼前に展開したかと思った瞬間、その障壁にヴァロンの剣撃が激突した。

　瞬間、太陽の光さえ圧するような白い閃光がレジーナの視界を白一色に染め上げ、途端に耳を聾する轟音と衝撃が臓腑を揺さぶった。

　思わず目を閉じて耳を塞ぎ、その場にしゃがみ込んで、自分の耳にさえ届かない悲鳴を上げた後は──何がなんだかわからなくなった。

　どれだけそうしていただろう。

　ふと──目を開けたレジーナの目に飛び込んできたのは──まるで影そのものになって目の前に立つオーリンの背中だった。

「え──？」

　それから、レジーナは周りの風景を呆然と見渡した。

　王都の外れの田舎道は、惨たらしく黒土をめくりあげ、広範囲にわたって抉り取られていた。

　だが、その破壊の衝撃をオーリンが盾になって受け止めたように、オーリンと、その背後でへたり込んでいる自分の周辺の地面だけが──まるで切り取られたかのように無事に残されていた。

何が起こったの、何が――。

もう何度目かもわからない疑問が頭に立ち上った時。

オーリンが肩越しにレジーナを振り返って、静かに言った。

「無事だな？」

その言葉の平和さに思わず頷くと、あ、あ……！　という怯えた声がレジーナの耳に聞こえてきた。

「な、なんなんだよ、お、まえ……!?」

ヴァロンは、バケモノを見るような目つきでオーリンを見ていた。

まさか受け止められるとは思っていなかったのだろう一撃を呆気なく防がれたことで完全に戦意を喪失したらしいヴァロンは、魔法剣を取り落とさんばかりに狼狽えた。

「【腐食】」

そうオーリンが短く言った途端、じゅう、という音が発し、ヴァロンの構えていた魔法剣が先端の方から変色し、見る間に赤黒く溶け出した。

「お、俺の剣が――！」

今度こそヴァロンが甲高い悲鳴を上げ、煙を上げて地面に滴った魔法剣の柄を毒虫の如くに手から払い落とした。

ゆら――と、そのさまを見ていたオーリンが、低い声で言った。

「わい、ごんじゃらすこいだで。ここでちゃちゃど帰るんだば知ゃねふりすてやんべど思ってだどもな。お前のごでばもうは堪忍さねど。ノレソレふんじゃらんでまるはでおべでおがなが、この意地腐れめが――」

【おい、ガッカリしたぞ。ここで黙って帰るなら見逃してやろうと思っていたけどな。お前のことはもう許さないぞ。しこたま痛めつけてやるから覚悟しろ、この卑怯者め】

何を言っているのかわからないなりに、それが死刑宣告に近いものであったことは、このオーリンの凶相と声の迫力から十二分に察せたらしい。

何やらわけのわからない悲鳴を上げて遁走に転じたヴァロンに向けて、オーリンは右手を目の前にかざし、そしてゆっくりと、静かに声を発した。

「バゲノクレノバワノケヤグ、アサマノマンツコサバワノヒンヒェサバナッテ、ワノシャベコドハソノキレガタダイコウバメヘルモノ、ワノシャベコドサイショズテデハッテコ――」

「何を――言ってるの――？」

レジーナは一瞬、訛りが酷すぎて東洋の呪文としか思えない響きに目を瞠った。

それは一度も聞いたことのない不思議な語感の詠唱――それはいわば、オーリンが言うところの「アオモリ」の言葉にローカライズされた詠唱であったのだろう。

慌てて意識を集中させ、今しがたオーリンの言った言葉を【翻訳】して——そして、レジーナはその文面に驚愕した。

【夜の闇は我が眷属、朝の光は我が師となりて、我が言葉はその穢れなき威光を示すもの。我が言葉に応じて顕現せよ】——。

翻訳された文面を復唱する自分の声が、震えた。

待って、いくらなんでもそんなバカな。

この呪文には聞き覚えがある、この詠唱は、この言葉の連なりは——！

「ミジコバエトガマニナリ、ズカンハムガシガラサキサバカッツギ、ソステアズマスグネマル。エパダダシャベゴトバフデコニヨッテカガサリ、ジャッパサナッテツカラバシメスベシ」

【水は一瞬に過ぎ去り、時は古より未来に追いつき、そして安寧に鎮座す。不可思議なる言葉はペンによって筆記され、欠片となりて力を示すべし】——。

どくん、どくんとレジーナの心臓が鼓動した。

この魔法は、魔法を扱う人間ならば誰でも聞いたことがある大魔法。

誰もがその名を追い、究(もと)め、そして心ならずも挫折することになるだろう――偉大なる叡智(えいち)の欠片――。

この詠唱、この魔法は――！

レジーナが目を瞠ったのと、オーリンが言葉を発したのは同時だった。


「【暗夜終焉(オヴァン・デス)】――！」

これは――歴史に名高い闇の禁呪魔法――!?

その瞬間、レジーナは自分の目にしたものが信じられなかった。

必死に遁走するヴァロンの足元にゆらりと立ち上った黒い影が、まるで渦を巻くように足首に絡みつき、ヴァロンはもんどり打ってその場に転倒した。

それと同時にオーリンの立っている場所を中心として同心円状の影が地面に広がり、そこからわらわらと人の形をした影が湧き出し始めた。

常軌を逸した悲鳴とともに、寄り縋(すが)る影を蹴りつけようと足をばたつかせるヴァロンの抵抗虚しく、影は次々と人の形を成し、手を伸ばし腕を伸ばしてヴァロンの周りに殺到し始める。

「あぁ……あああああああ――――――――――ッッ!!」

内臓を振り搾るような悲鳴を発して、ヴァロンの身体がずぷりと影に呑み込まれた。助けて、助けてくれ――！　と涙さえ流しながら藻掻くヴァロンは、抵抗虚しく影の亡者に頭を摑まれ、地面に開いた漆黒の中へ引きずり込まれていく。

これが禁呪の力――通常の魔導師ならば、その習得はおろか、その真理の一端さえ垣間見ることも叶わないであろう、強大な魔法の姿。

この風采の上がらない青年が、最高位の魔導師ですら会得することが困難な禁呪魔法を行使してみせたことも驚きなら――Sランク冒険者を相手に満足に抵抗を許すことなく、いとも簡単に呑み込むその威力の禍々しさも、レジーナを戦慄に立ち尽くさせるには十分なものだった。

ヤバい、このままじゃ殺しちゃう――！　レジーナは、闇に呑み込まれていくヴァロンを凶相のまま睨みつけているオーリンに叫んだ。

「せっ、先輩！　ヴァロンを――ヴァロンを殺す気なんですか!?」

オーリンは答えない。返答がないことに苛立ったレジーナは立ち上がり、その背中を思い切りどついた。

「だっ、ダメですよ！　ギルドの人間がギルドの人間を殺すなんて！　ちょっと、聞いてるんですか⁉」

それでも――オーリンは何も答えようとしない。レジーナの言葉が届いているのかいないのかすら、その表情からは全く読み取れなかった。

今やかろうじて頭だけ影の上に出ているヴァロンとオーリンを交互に見遣り、レジーナはオーリンのローブを摑んで揺さぶった。

「先輩、オーリン先輩！　お願いです、やめてください！　先輩はこんなことをしに王都に出てきたんですか⁉　こんな凄い魔法が使えるのに、誰だって助けられる魔法を使えるのに、その魔法で人を殺すんですか！」

レジーナは半ば涙ながらにオーリンのローブを摑み、腹の底からの声で懇願した。

「落ち着いてって言ってるじゃないですか！　先輩、故郷のお父さんやお母さんに誓ったんでしょう⁉　いつか眩しく輝く星になってアオモリに戻ってくるって！　だったらここで人殺しなんかになっちゃダメですよ！　お願いです、どうか――どうかヴァロンを許してやってくださいッ！」

その懇願に、フン、とオーリンが鼻を鳴らし、右手を降ろした。

途端に、ヴァロンを呑み込みかけていた影はゆっくりと消えてゆき――数秒後には、白目を剝いて失神したヴァロンだけが、抉れた大地にぽつんと忘れ去られた。

ふわ……と、ヴァロンの一撃によって抉り取られた大地に、夜風が吹いた。

その夜風は、今まで死神のように超然としていたオーリンの殺気を吹き散らしたように感じた。

「最初から殺す気なんてねぇよ。――剣も無ぐなった、自信も無ぐなった。もうあいづは冒険者などできねぇべ。その方がいい」

それは確かに――レジーナはヴァロンを見た。

ヴァロンは白目をひん剝き、びくんびくんと痙攣しながら泡を吹いて失神していた。よく見ればズボンの股間の辺りに激しい失禁の染みがある。ただでさえ評判の悪いあの男のこと、間もなくここに駆けつけるだろう衛兵たちにその醜態を見られれば、まず王都に居続けることなどできはしまい。

凄い。本当にS級冒険者に勝っちゃった……。

レジーナは呆然とオーリンを見た。

普通の冒険者でも、ひとつ上のランクの冒険者を力ずくで倒すのは並大抵のことではない。

そうだというのに、ひとつ上どころか数段上の、しかもS級冒険者相手に。国内でも名を馳せる魔剣士相手に満足な抵抗を許すこともなく、無傷で完勝してしまうなんて。

無詠唱魔法だけではなく、この世に使える人間が一人いるかどうかの禁呪さえ簡単に操ってしまう魔導師――発見されれば大騒ぎになるであろうそんな人間が、誰からの注目を浴びることもなく、国内でくすぶっていたという事実。この朴訥な男の顔の下に隠されていた圧倒的な魔法の才覚、これをマティルダは見抜いていたのか——。

まだ半分も理解の追いついていない状態で、レジーナは飽くこともなくオーリンの背中を眺め続けた。

ふう、とオーリンは空に輝く星を見上げた。

そして、きらきらと瞬く星空を見上げて、ぽつりと言った。

「俺の親や友達がらも、あの星コが見えでればいいな……」

その一言に、レジーナも思わず星空を見上げた。

月も出ていない日の夜空は格別に美しく、何だかいつもより澄んで見えた。

「アオモリの人間は誰でも強情——んだ、んであったな。俺も、なれるんだがな。あのお空の星コみでぇに、きらきらど眩しく輝く魔導師さ——」

オーリンが独り言のように言った。

レジーナはその背中に、遠慮がちに声をかけた。

「先輩、あの……」

「ああ、わがってる」

オーリンは静かに振り返り、レジーナの顔を見た。

「王都でもう少し頑張ってみねぇが、どいう話だべ？　わがったって。お前がよ、思い出させてくれだんだど。なりだい自分さなる、何はなくとも意地だけはある――お前の言葉はその通りだ。あの眩しく輝くアオモリの星コさなれるまで……あど少し、意地張って意地張って、冒険者やってみるがなぁ――」

その一言に、わぁ、とレジーナは快哉を叫んだ。

「やっとその気になってくれたんですね！　よかった！　オーリン先輩、明日から私と二人、再出発ですね！　よろしく！」

「ああ、俺の方からもお願いするびょん。えーと……レズーナだったが。よろすぐな」

レジーナの差し出した右手を、オーリンがガッチリと握った。

レズーナ、か。相変わらず物凄く訛ってはいたけれど、初めて呼んでくれた私の名前。

それがなんだか気恥ずかしくて、レジーナはオーリンの顔から視線をそらした。

「ああ、さっさと帰らねばまいね。イーストウィンドさ荷物も取りに行がねばな。明日からは事務所探しだな。忙しくなるど――」

気恥ずかしかったのはオーリンも一緒であるらしい。さっと踵を返して、オーリンは王都の中心部へ歩き出した。

その後に続きながら、レジーナはずっと抱いていた疑問をぶつけることにした。

「ところで先輩、さっきの魔法ですけど――あんな大魔法、どうやって覚えたんですか？」

「何が？」

「だからさっきの禁呪魔法ですよ！　あんなのこの国に使える人間が一体何人いるか……凄いじゃないですか。一体誰に教わったんです？」

「禁呪？　何喋ってるんだ、あれはアオモリだばリンゴ収獲用の魔法だね」

「は――？」

レジーナは目を点にしてオーリンを見た。

何がそんなに気になるんだろう、というような表情で、オーリンがあっけらかんと言う。

「リンゴもぎは人手が無ぇばまねがらな。あの魔法でいっぺんにもいでまるのへ。戦闘で使うのは確かに初めてであったども――あれはアオモリだばそごらの爺様でも使える魔法だね」

「えっ、ええ――⁉」

「他にも、ニンニク手入れしたり、とうもろこし植えだり、牛集めだり――アオモリの人が使う魔法でばそすたら魔法ばっかりだ。こったなもんでいちいちたまげでだらアオモリではアホって馬鹿にされんど、お前」

「な、何言ってるんですか⁉」

どうもアオモリという場所は、我々の常識など全く通用しない土地であるらしい。

東と北の最果ての地・アオモリとは、一体いかなる魔境であるのだろう――。

こうして、ズーズー弁丸出しの無詠唱魔導師、そしてクズスキル【通訳】を持つ新米冒険者、たった二人だけの冒険者パーティが、王都の片隅でひっそりと誕生した。

「それで、なんだかんだ丸く収まった、ってわけ？」

明くる朝、改めてイーストウィンド退職の意思を伝えに戻った先で、ギルドマスターのマティルダはすっかり打ち解けた様子のレジーナとオーリンを見て苦笑した。オーリンはニコニコと微笑むレジーナと比べて多少バツが悪そうにはしていたけれど、それでもその顔は昨日のそれよりも遥かに晴れやかだった。

「ええ。色々ありましたけど、結局二人で冒険者やってみようかということになりまして」

「そう。それはよかった。レジーナ、やはりあなたに後を追わせて正解だったわね」

そう言って笑みを深くしたマティルダに、えっ？　とレジーナは目を見開いた。今の今まで自分が勝手に後を追ったとばかり思っていたのだが、マティルダの顔は企みが上手くいったと言いたげな表情をしている。

そのしてやったりの顔を見ていたオーリンが「マツルダさんも人が悪ぃね」と口を尖らせた。

「ってごどば、最初がらレズーナさ俺ごど追わせる気であんな突然クビにしてくれだってごどな？　だったら小芝居など打だねぇで最初からこいづどパーツー組んでみねぇがって喋ってくれでも良がったんでねぇすか？」

「あら、そんな風に見えたのかしら？」

　マティルダはその美貌に似合いの、涼やかなとぼけ方をしてみせた。

「私はそんなことは考えてなかったわ。ただちょっと面白そうなスキルを持った子がギルドに入ってきたから、あなたと組ませたら面白いんじゃないかとは思ったけれどね。あなただけでなく、彼女にまでこのギルドを辞されるのは正直痛手だわ。明日から誰にお茶汲みを頼んだらいいのかしらって考えてたところよ」

　机の上に肘をつき、手を組んだマティルダの目が笑った。

「一応、朝一番でヴァロンにも頼んでみたんだけどね。どうせもう魔法剣もなくしてしまったし、お茶汲みとしてギルドに残って今回の損害分の返済をしてみないかって。時給換算で完済までに十年かかるって言ったら青い顔して逃げてったけれど」

　昨晩、王都で何が起こったのか知っている目だった。あはは……と昨日殴られた頬を気にしながら苦笑したレジーナに、マティルダは身体を向けた。

「とにかく、レジーナ・マイルズ、ならびにオーリン君。あなた方がパーティを組んで冒険者を続けるというなら、きっと世界で一番面白いパーティになると思うわよ」

　マティルダはオーリンに視線を移した。

「オーリン・ジョナゴールド君。昨日はあんな言い方になってしまったけれど、改めて言うわ。あなたはその訛り故にこのギルドの誰とも連携が取れない。ただ、それは決して才能がないってわけじゃない」

マティルダはよくよく言い聞かせるように語りかけた。

「むしろあなたにはこのギルドの誰よりも魔法の才能がある。このギルドで仲間のことを気にして仕事を続けるよりも、むしろあなたは少数精鋭の戦闘スタイルを取るべきよ。無詠唱魔導師として前衛をも張ることができるあなたの才能は、このギルドで腐らせるべきではないわ。下積みは終わった。あなたはもう独りでもやっていけると、私はそう判断した——わかるわね？」

はい、とオーリンが頷いた。やはり——この人は英明なギルドマスターだ。オーリンの魔法の才能を誰よりも早く見抜き、その才能を活かすためにはギルド追放という手段しかないことを悟ったのだ。

「そして、レジーナ・マイルズ。あなたにはお世辞にも優れた魔法の資質はない。けれど、あなたの【通訳】のスキルは、これから彼が冒険者を続けていく上で絶対必須の能力よ。あなたさえいれば彼の才能は遺憾なく発揮される。オーリン君が何者になるか、地の果てまで同行して見届けなさい。いいわね？」

はい！　とレジーナは頷き、隣にいるオーリンをニコニコと見つめた。この人がいずれ何者になるのか――考えただけでもワクワクすることだった。その視線に、田舎者らしくシャイであるらしいオーリンは少し気恥ずかしそうに顔を背けてしまった。

「さて、私からの話はもういいでしょう。今日この時があなたたちの新しい門出よ。各々の夢に向かって頑張りなさい。よい冒険を」

マティルダのとっておきの餞の言葉に、二人は大きく返事をした。

第二話　ママ・ケ（ご飯を食べなさい）

「さて先輩、早速ですけど作戦会議といきましょうか」

　レジーナは昼前の王都を歩きながらそう水を向けた。王都の一等地、様々な巨大ギルドが軒を連ねる王都の目抜き通りは、間もなく昼飯時ということもあって、飲食関連のギルドがやかましく客を引いている。そこかしこから漂ってくるいい匂いに、レジーナの腹が徐々に騒がしくなってきていた。

「今後、二人で冒険者ギルドを立ち上げるなら色々と準備が必要ですからね。どこかの店に入って食事しながら今後について話し合いませんか？」

　そう誘ってみると、オーリンは首を振った。

「それもいいんだけれどよ。できればメシ食う場所はここでねぇ方がいいな」

「えっ？」

「どうも俺は五年暮らしてもまだ王都のメシっつうもんが口さ合わなくてや……今日はうんと考えるごどがいっぱいあるはんで、なるべぐ気合い入れるメシが食いでぇんだよ」

　オーリンは少し難しそうな表情で、立ち並ぶ飲食の屋台を見つめていた。

「それに昨日は急な宿取りで小銭も使ってまったしな。一旦俺の部屋さ帰って色々準備もしねばまいねんでの」

オーリンはそこで、レジーナの目を真っ直ぐ見つめた。

その真っ黒な、人を魅了するような瞳の色に、レジーナは何だか引き込まれそうになった。

「レズーナ。お前さえよがったら、今がら俺の部屋さ来ねぇが」

オーリンの口は、はっきりとそう言った。

言われて、レジーナの横を、一発の紫電が駆け抜けた気がした。

「――えっ？」

「何を固まってんずや。俺の部屋だ、家。俺はギルドの寮でなくて他さ部屋借りでんだよ。少し狭くて散らがってるばってな。部屋だばこっからすぐだね。来ねが？」

オーリンが淡々とした口調で説明する横で、レジーナは考えた。そういえば自分は今までイーストウィンドの寮で寝泊まりする生活を送っていた。そのイーストウィンドを離れる決断をした今となっては、レジーナに帰る場所、寝泊まりする場所はないのだ。かといってずっと宿を取り続けるわけにもいくまい。つまり、どこかに転がり込む必要があるということなのだ。

そして、今この急な申し出。

それはつまり――これからオーリンとひとつ屋根の下で暮らす、ということか。

いや、ちょっと待って――レジーナは自分の思いつきを自ら否定した。オーリンは昨日「明日から事務所探しだ」と言っていたっけ。でも――たった二人しかいない冒険者がギルドを立ち上げるということは、よくわからないけどきっと簡単なことではないだろう。

それならもしかしてしばらくは私もその部屋に住むということで、それはつまり、新しい本拠地が決まるまで、この男とずっとひとつ屋根の下で暮らすということに――。

そう、レジーナは嫁入り前の十九歳の乙女である。

もちろん、冒険者ギルド『イーストウィンド』に入って半年、親しい人間もあまり多くはなかった。

ましてや、父親以外の異性とひとつ屋根の下に暮らしたこともないし、まして一夜をともにしたこともない。

この異性関係における圧倒的な経験不足が、この時の彼女に厄介な誤解をひとつ与えた。

まぁぶっちゃけ要するに――レジーナは結構な頻度で人との距離感がバグるタイプなのであった。

人との距離感がバグる――それはとても悲しい性分である。

一回親しく口を利いたら翌日にはその人を友達だと思い込み、異性に少し優しくされれば「この人もしかして……」と要らぬ勘違いをする。当然、次から相手に対して馴れ馴れしく振る舞い、結果ヒかれて周囲から人が離れていくという、ちょっと悲しい傾向がこのうら若き乙女にはあったのである。

人と人との距離を数段飛ばしで飛躍する悪癖を持つ、この乙女のことである。同棲のお誘い、つまりこれはもうそういうことじゃね？　という、常人には到底理解不能なアルゴリズムで厄介な曲解をするのも、ことこのバグり性の乙女なれば無理からぬことで――当然レジーナは盛大に慌てた。

「あっ、いや――」

「なんて？」

「いやぁ、先輩、それはマズいですよ……！」

「不味いって何が？　まだメシ食ってねべや」

「料理のことじゃありません！　そんな……いくらなんでも展開が早すぎる……！」

レジーナは回れ右をし、まるで乙女のように両頬を手で挟んでモジモジと腰をくねらせた。

いや、そんなことはない――落ち着けレジーナ・マイルズ。オーリンとは昨日ほぼ初めて口を利いたぐらいの間柄で、つまり友達どころかやっと知り合いになったレベルで、お互いのことを知らなすぎるじゃないの。

でも、そんな知り合い程度に昇格したばかりの女をいきなり家に上げるどころか、一緒に暮らさないかと提案などするものかしら、もしかして既にこの人は私を……などと悪い部分のレジーナが蠱惑的な声で耳元に囁いている。

男はオオカミなのよ、気をつけなさい……と母親は常々言っていた。オーリンがもしオオカミで、十分に慣らした後にいきなり襲いかかるつもりだったら？　自分は凶獣の前になすすべなく食っちまわれる生贄の羊のようなものだ。どうしよう……やっぱりあの、こういうのはよくないと思いますと言って、自分もどこかに部屋を借りるべきだろうか。いやでも、それには重い経済的負担が伴うし、何よりオーリンの善意を無にすることになってしまう。

何よりも、オーリンは言葉こそ何言ってるかわからないけど見てくれは結構どころかかなり好みだし、背も高い。それに昨日の超人的な魔法――考えようによってはこの大陸一の大魔導師も夢じゃないと思える、稀代の逸材である。今のうちに美味しくいただかれてしまえば玉の輿も射程圏内、据え膳食わぬは女の恥……などとわけのわからない理屈を悶々と捏ね回していると、オーリンが心配そうに顔を覗き込んできた。

「どすたば……具合悪いのか？」

「へ⁉　あ、いや、なんでもないですッ！　でも、その、あの……！」

「それに別にずっと俺ど暮らへって言ってるわげでねぇべな。メシば食って作戦会議ばしたら、お前は実家さ帰ればいいべ？」

へっ？　とレジーナは目を点にしてオーリンを見つめた。

なんだろうこの反応は、と言いたげな顔でオーリンは答えた。

「お前は王都の生まれだんだべ？　ある程度今後の方向性が固まったら、悪ぃどもそれまで実家さ戻ってくれるが？　事務所だ資金だなんだって決まったら連絡するはんでよ」

実家。その言葉に、レジーナは今まですっぽりと頭から抜け落ちていたそれを思い出した。そうだ、宿を取ったり、部屋を借りたりする必要はない。父と母がいる実家に帰ればいいだけなのだ。突如帰ってきた娘に父母は多少驚くかもしれないが、そうなったら詳しい事情を説明すればいいのだ。

そうだそうだ、一体何を考えているんだ私は――レジーナは己を叱った。

私がこの男とこうして一緒にいるのはギルドマスターであるマティルダの粋な計らいの結果であり、立派な仕事なのだ。仕事中に田舎出身のイモ系男子とのハチャメチャ♡ラブロマンスを夢想するなんて、いまだ下積み中の冒険者として言語道断な所業に違いない。

「そ、そうですね……私には実家があるんだった……」

「何だってな、忘れたのがい。そいで、どす？　俺の手料理でいいんだばご馳走するども……嫌が？」

「あっ、全然です！　全然構いません！　そっ、そうと決まれば先輩の部屋に行きましょうか！　是非ゴチになりたいです！」

「んだか、そいだばついで来」

言うが早いか、オーリンはギルド通りの喧騒の人混みを縫って歩き始めた。

◆

オーリンの住まいは、王都の商業地区の外れ、単身者向けの集合住宅の二階にあった。多少古びてはいるものの、佇まいそのものは小綺麗に見える。内心、オーリンの住まいが小便と反吐の臭いが染み付いた裏小路のあばら家であることも想定していたレジーナは、そこでほっとため息をついた。

「まぁ狭くて汚くて散らかってるばって、入ってけじゃ」

そう言ってオーリンはドアを開けて部屋に招き入れた。「お、おじゃましま〜す……」とおっかなびっくり中に入ったレジーナは、オーリンが住まう部屋の様子を注意深く観察した。

男やもめに蛆が湧く——とは聞くが、どうしてなかなか部屋の中は落ち着いており、生活感はそれなりにあるものの、きっちり整理整頓されているように見える。汚れ物や洗い残しの皿がうずたかく積み上がっている光景も覚悟していたが、オーリンはこう見えても几帳面な性格らしい。

「食事すんのは奥の部屋だ。そごらのものは片づけて座ってでけで。今メシの準備するはんでよ」

　言うが早いか、オーリンは台所に引っ込んでしまった。レジーナはリビングであるらしい部屋のドアを後ろ手に閉め、部屋にひとつある小さなソファに座り込んだ。

　ここが、ここが男の人の部屋――。

　思わず、すう、と息を吸うと、オーリンの匂いとしかいえない匂いが胸いっぱいに満ちる。

「なんか想像してたより綺麗な部屋だなぁ……」

　思わず、小声で呟いてみる。きょろきょろと辺りを見回しても、生活感はあるのになんとも小綺麗だ。魔導書の類がきちんと揃う本棚も、ベッドの上にきちんと畳まれた毛布も、天板に複雑な迷彩模様を描くテーブル――後で知ったことだがツガル塗という技法であるらしい――も、どれもがどことなく洗練されていて、この部屋の主の人となりをなんとなく物語っている。床には綿埃どころかちぢれ毛の一本も落ちてはいない。見つけたら摘み上げてしげしげと観察しようと思っていたのだが。

ベッド。その単語が頭に浮かぶと、なんだか妙におかしな気分になってきた。

迷った末にレジーナはそわそわと立ち上がり、ベッドに歩み寄った。

「これが……これが先輩のベッド……」

ごくり、と喉が鳴った。思わず枕に触れてみると、寝苦しいこの初夏の夜に寝汗でもかいたのか、しっとりと湿っている気がする。触れた途端、ふわっとオーリンの髪の匂いが香った気がして、どきりと心臓が跳ね上がった。

「おっ、おおおぉぉ……！」

レジーナは興味津々であった。いまだそのほとんどを知らぬ男の生態、その神秘に今まさに手が触れている——そう考えるだけで、思わずこのベッドに身体を預け、今すぐ枕に顔を埋めたい気が騒いだ。

そうだ、噂によれば男というものはとかく人に見られたくないものをベッドの下に隠す習性があると聞いたことがある。よもやあの人畜無害の塊にしか見えないイモ青年がそこまで過激なものを隠しているわけはないと思ったが、一応これからあの男はレジーナの相棒になるのである。相棒がどのような性癖を持ち、どのような異性に興奮するのか見極めておかないことには道中がやりにくい……などと滅茶苦茶な理由をつけて、レジーナはそっとベッドの下を覗こうと——。

「レズーナ、何すてらんだば」

心臓が口から飛び出るかと思った。慌てて振り返ると、オーリンは料理からほかほかと湯気の立つ中、不思議そうな表情を浮かべていた。

「あ、いや！　なっ、なんでもないです！　ちょ、ちょっとこの下に小銭を落としてしまって……！　もう取ったんで大丈夫です！」

「それならいいんだけどよ……」

オーリンは不審そうな表情でレジーナをじろりと一瞥し、迷彩模様のテーブルに皿を二つ置き、一脚椅子を出して、自分はソファに座り込んだ。

「さぁ、朝飯作ったはんで食べろ」

凄いなぁ、【通訳】のスキルがない人間なら、この男が何をして、これから何をしようとしているのかさっぱりわからないに違いない。アオモリでは「食べろ」を「ケ」の一文字で表すんだなぁ、髪の毛やまつ毛なんかの「毛」も「ケ」なんだろうか……などとどうでもいいことを思いながら、レジーナはベッド脇から立ち上がった。

テーブルの上にはほかほかと湯気を立てている皿とパンが山盛りになった籠があり、思わずレジーナは訊ねてしまった。

「これ――先輩が作ってくれたんですか？」

「他に誰がいるべな。こえでも五年一人暮らしだね。田舎料理だはんで、口さ合うがどうかはわがんねけどな」

皿を見ると、玉子かなにかを煮付けたもののようだ。てらてらと輝くような玉子の色艶と、刻まれた葱の青色がなんとも食欲をそそる見た目だ。この男、見かけによらず結構器用な人らしく、見た目は実に美味そうだ。

「さ、今日からお互いうんと働かなければまいね。きっちりと食っておげや」

「なんていう料理ですか、これ？　見たことのない料理ですけど」

「ああ、アオモリの料理だはんでな。俺たちはカヤキって呼んでる料理だ。ホタテだの玉子入ってて、栄養たっぷりだど」

カヤキ、やはり聞いたことのない料理だ。しかし名前や物珍しさは別にして、なんだかとても食欲をそそる見た目なのは確かだった。

レジーナはワクワクしながらフォークを握り、ぷるる……と悩ましげに震えるカヤキを掬い上げた。途端に、魚醤かなにかの匂いがふわっと鼻をくすぐり、鼻孔がひくひくと喜んだ。

「お、美味しそう――いただきます！」

レジーナはカヤキを一口、口に運んだ。口に入れて最初に感じたのは、玉子のふくよかな甘みと、海鮮系の複雑かつ濃厚な旨味の存在だった。魚醤やホタテ、それらのほんのりとした甘さが渾然一体となり、口の中で素晴らしいハーモニーを奏で始めた。

お、美味しい――。はう、とレジーナが感嘆しようとした、その時。

今まで絶妙なクラシックを奏でていた口の中に、突如として砲撃戦の轟音が鳴り響いた。

「あッ――!?」

レジーナは一瞬、毒か何かを盛られたのかと真剣に考えた。

だが違う、この口の中にイガグリを突っ込まれたような鮮烈な刺激――！

なんだこれは――しょっぱい！　激烈にしょっぱい……!!

思わず立ち上がり、目を白黒させてこめかみを叩いた。

んふっ、んふう――！　と呻き声を上げて天井を見上げ、どたどたと足踏みをしたレジーナを、オーリンが驚いたように見た。

「な、どうした!?」

「んっ、んんんんぅ！　んぐっふうううううううう!!」

「腐ってらっだが!?　出せ！　出せ！」

「んんんんぐ……んんんんぐああああああああ!!」

レジーナは涙目になりながら頑強に首を振った。宿を提供してもらった上に朝飯を作ってもらって、それを吐き出すことなどできはしない。躍起になってなんとかなんとか喉の奥に流し込むと、レジーナはぷはぁっと肩で息をした。

「――お、美味しい、です」

「ほ……本当がよ……!?」

オーリンは安心したような呆れたような顔でレジーナを見た。

「ややや、すまないな、なんせ人さ手料理なんぞ作ったのは初めてでさ。田舎料理だはんで、味付けが少し濃かったがもさね」

「あ、あはは……いやそんなことはないんです、ちょ、ちょ、ちょ、ちょっと驚いただけで」

それは事実だった。途中までは本当に美味しかったのだ――途中までは。しかし次の瞬間、まるで口の中をナイフでめった刺しにされるようなビリビリとした塩気が舌先を焦がし、脊髄を駆け抜けて脳みそを灼熱させるほどにしょっぱかったのだ。

「まぁ、口に合わなかったんだらまいねはんでの。パンとリンゴはあるはんで、まんつこいづば食え」

そう言って、オーリンはカヤキをフォークで黙々と口に運んでいる。おそらく同じ味付けに違いないのに、本当に平然と食べている。自分がナメクジだったら今の一口で一発即死は免れ得ない塩分濃度だったのに、平然と食べている。どうやら、アオモリではこのぐらいの塩辛い味付けが普通であるらしい。

「す、すみません、パンいただきますね……」

それでも、とレジーナは覚悟を決めた。たとえ塩辛かろうが毒が入っていようが、ここは好意を無下にすることはできない。仕方なくパンを切り分け、カヤキを口に運んだ後にパンで塩気を中和する作戦で完食を目指すことにする。

一口、口に運んだ後、急いでパンを齧る——まだちょっとしょっぱいが、単体で食べるよりはずっと塩気が中和された感じがする。これで食べるしかないと心に決めて、レジーナはそれ以後ほとんど会話もなくカヤキと向き合い続けた。

◆

「さぁ、メシば食ったら作戦会議だな。今後どうすっがだけどよ……」

あの塩の塊としか思えないカヤキをきっちり完食したオーリンが話を切り出した。レジーナも頷いて皿を脇に寄せた。

「先輩と二人でパーティを組んで、ゆくゆくは冒険者ギルドを作る……まず当然必要なのは資金ですよね」

その言葉に、オーリンも頷いた。

「なんぼぐらい必要なのがはわがんねけども、まぁ、まんづそいが一番だびな。事務所を借りるカネ、仲間を雇うカネ、給与として出す当座のカネ——まぁ、何の根拠も無く計算して、三百万ダラコぐらいだべが」

三百万ダラコ——それは王都で働く一般的な労働者の年収に匹敵する額だ。これをたった二人で稼ぐのは簡単なことではない。ましてやそれが自営業の冒険者なら、必要な物資をギルドが提供してくれていた時とは違い、必要経費というものも稼ぎから捻出せねばならないのだ。

ハァ、とレジーナは遠い道行きを思ってため息をついた。

「まぁ、何はともあれ——クエストですね」

クエスト。それは冒険者にとっては貴重なメシの種だ。

まだまだ人跡未踏の地が多く残っているこの世界では、そこを踏破して地図作製のための測量をしたり、どんな魔獣がどれだけいるかを調査したり、辺境の貴重な動植物を採取し記録してゆくことは、どこの国でも国家事業である。だからどこの国にも冒険者のような根無し草の職業が成立してしまっているのである。

また、たまに人間の世界ではない場所からやってきて人に仇為す魔獣には賞金がかけられ、それを討伐して申告すれば国からカネが支払われる討伐クエストもあり、人々の平和を守るのも立派な冒険者の仕事なのだ。冒険と討伐——冒険者はその二つのクエストをこなして渡世をしていく。冒険者とは、好奇心とカネのために危険を冒して生きることを選んだ人種なのである。

「クエストがぁ。やっぱそうなるびの。すかす三百万ダラコとなるとひと財産だ。一発で稼ぐのは容易でねぇな」

「そうですね。しばらく小さなクエストを数こなしていくしかないでしょうね」

「んだな。どれ、そうど決まったら冒険者クランにでも顔出してみるが」

「冒険者クラン——ですか」

　クランとは、各冒険者ギルドに対して仕事の手配屋のようなことをしている団体のことである。元々は各ギルドを越えて同じ攻略目標や討伐対象を狙う冒険者の取りまとめや、その報酬配分を担当する組織で、冒険者が新たに仕事をする場合はそこに顔を出して仕事を回してもらうのがいわば鉄則なのだった。

「一応世の中にはソロの冒険者っつうのも多いがらな。自称でも何でも、手配書ぐれぇは回すてもらえるべ。お前（な）もついでくるが？」

「もちろんですよ。輝かしいパーティの仕事第一弾はきちんと選びたいですからね」

「んだば、早速（ちゃっちゃど）食器ば片づけたら（とろげたら）向かってみるべしよ」

　そう言って、オーリンは食器を重ねて立ち上がった。

第三話　ヘール（回復）

「――おい、なんだか顔色悪い気すんだけんど？　具合悪いんでねぇが？」

「いえいえ、全然そんなことは……朝食美味しかったです、ごちそうさまでした……」

「無理言わなくていい。今度からお前の口さ合うように作るはんで、堪忍してけろや」

事あるごとに謝ってくるオーリンには申し訳ないが、塩気が凄すぎてまだ舌が塩漬けになっているかのようだ。まさかあんな塩辛いものを平然と食べる文化がこの大陸にあったとは驚きだ。アオモリの人々は高血圧で体調悪くしたりしないんだろうか……などと考えながら、レジーナとオーリンは通称【ギルド通り】と呼ばれる王都西区の道を歩いていた。

ここはイーストウィンドのような巨大ギルドが居を構える王都の一等地とは違い、飲食ギルドだの賞金稼ぎギルドだの、中小規模の各種ギルドの建物が軒を連ねている地域だ。イーストウィンドに半年間しか在籍しなかったレジーナは知らなかったのだが、冒険者クランはこの通りにあるらしい。

「しかし、朝から凄い人出ですね……」

「んだな。こらほど賑やがな土地は王都でも他にねぇな」

オーリンは目を丸くしながら威勢よく声を張り上げる飲食店の店員を見て、そして一息にズーズー言った。

「王都(かみ)でばまんず人(ふと)のいるもだね……アオモリだばこしたにふといるのばねぶたのどきだけだね。もすわのけやぐばつれこごらしぱて歩げば、なぼしゃしねどごだえってえづらどでんぶちまげるべな。ややや、まんずかみだばふとぎゃりでもきてみねばわがんねもだなーまんずなーまんずッ」

【王都というところは凄く人がいるものだな。アオモリであればこんなに人たちが出てくるのは祭りの時だけだろう。もし私の友達を連れてここらを紹介して歩くとなれば、なんて騒がしいところだろうとあいつらは大変驚くだろうな。やれやれ、やっぱり王都へは一回でも来てみなければならないものだなぁ本当に本当に】

大丈夫だろうか——レジーナは強烈なアオモリ訛(なま)りを聞きながら不安に駆られた。

ただでさえ「何を言ってるのかわからない」と言われてギルドをクビになったオーリンである。クランから仕事を回してもらう限り完全にソロの仕事ということは考えにくく、もしかすれば他の冒険者とパーティを組んで仕事をすることになるかもしれない。

その時、いくらこの人は無詠唱魔法の使い手なんですとレジーナが太鼓判を捺(お)したとしても、この喋りを聞いた時点で普通の人なら呆気にとられ、意思疎通が難しい人とクエストはちょっと……などと難色を示されるに違いない。

本当に大丈夫なんだろうか、ちゃんとしたクエストを回してもらえるだろうか……先行きの不安からレジーナがため息をついた、その時だった。

どこかから悲鳴が聞こえ、レジーナはギルド通りの奥の方を見た。

「なんだや――？」

オーリンも顔を上げたその時、今まで買い物を楽しんでいた人垣がざっと割れ、その向こうからボロボロになった人たちが数人、足を引きずってやってきた。

遠目から見ても半死半生の有様の人たちは、ううう、と呻き声を上げ、生ける屍のような足取りでギルド通りを歩いてくる。そのうちの一人、最も出血の激しい男が、ギルド通りの人混みの中に崩れ落ちた。

「レズーナ、行こう！」

オーリンの声に、レジーナも頷いて駆け出した。

とりあえず軽症の者から順次石畳の上に寝かせたレジーナは、血と泥に塗れたその体を見下ろした。

「う――あなたは……？」

「喋ってはダメ、私は回復術士です。あなたを治療させてください。――もし、そこのおじさん」

　レジーナに言われて、口ひげが豊かな屋台の親爺がびくっと震えた。

「とりあえず今この場で応急処置だけはしますが、すぐに然るべき治療を受けなければなりません。衛兵に連絡をお願いできますか？」

「あっ、ああ……わかった。ちょっと待っててくれ！」

　親爺はエプロンを脱ぎ捨てると、人混みをどやしつけながらどこかへ駆けてゆく。後は衛兵が担架を持ってくるまでに持ちこたえさせるのが回復術士の仕事だ。

　レジーナは素早く首に手を回し、首にかかっていた十字架のロザリオを手に持った。備え付けのボタンを押すと、パチン、という音とともに、柄に格納されていた鋭利なナイフが現れた。

　かつて神の御業を以て数多の奇跡を起こし、人を癒やしたという預言者――その預言者の加護が込められたこの十字架ナイフは、回復術士として三年の修行を終えた時に師匠から与えられたものだ。回復術士はこれで患者の汚れた服を切り裂き、包帯を切り、必要とあらば簡単な手術までをこなす。もちろん、いよいよの時は武器ともなるこの刃渡り十五センチほどのナイフは、何はなくともこれだけは肌身離すなと言われる回復術士の象徴だった。

　三年の下積みの間に身に付けたことを、身体が覚えていた。脈を取り、瞼の裏の血色を確かめてから、レジーナは手早く血だらけの服を切り裂いていった。

この傷は——レジーナは手早く怪我人を観察した。この傷はただの傷ではなく、どう考えても何か猛獣の爪にやられた傷だ。致命傷になっていないのが不思議なほど、傷は深く、全身につけられていて、そのどれもが、まだ出血が止まっていない。

これは一刻も早く処置しないと危険だ——そう考えていた時、傍らにオーリンがしゃがみ込んだ。

「レズーナ、お前は回復術士であったな？　傷ば治せるが？」

「わかりません……とにかく、この人は一刻も早く治療しないと……！」

上半身の服をあらかた切り裂いたところでレジーナの手が止まった。

腹部に走った一番深い傷——レジーナはその傷の深さに息を呑んだ。

傷口から一部露出しているこのピンク色のもの、これは小腸だろうか——？　確実に内臓まで達しているだろう爪撃による傷からはどくどくと血が噴き出し、刻一刻と怪我人の命を削っていて、どこからどう手を付けたらいいのか、一瞬頭が真っ白になる。

これを治せというのか——レジーナは戦慄に震えた。こんな傷、根本的に医者がなんとかするべき傷で、患者の治癒力を増幅するのが基本の回復魔法でなんとかなるものではない。

どうしよう、どうしよう——！　焦るレジーナに、オーリンが低い声で言った。

「慌てるな、レズーナ。なぁに、お前だばきっと助けらえる」

落ち着いて、言い聞かせるようなオーリンの声に、ぐっとレジーナは奥歯を食いしばった。

「悩むな（くすな）、なも心配する（あんつがる）こと（ごど）ねぇ、俺（わ）がついでるはんで、な？」

俺がついている——なんだか、その時はとても心強い一言に聞こえた。

すう、と息を吸い、回復術士としての覚悟を決めたレジーナは、小声で詠唱をしながら、怪我人の傷の間にゆっくりと右手を差し込んだ。

「ぐあああ……！」

その想像を絶するだろう痛みに、怪我人が振り絞るような苦悶（くもん）の声を上げて身体を捩（よじ）った。

「先輩、押さえて！」

目を閉じたまま指示を飛ばすと、すぐさまオーリンが動く気配が伝わる。

集中したまま、あらかた詠唱を終えたレジーナは、内臓に複数あるだろう出血点を脳内にイメージして——鋭く詠唱した。

「【回復（ヒール）】ッ！」

途端に、自分の掌（てのひら）から温かなものが流れ、怪我人の体内に、細胞のひとつひとつに浸透してゆく感触が伝わった。

どくどくと血を流していた傷がゆっくりと塞がり——あらかた塞がったのを脳内の魔法感知野に確認してから、レジーナはゆっくりと右手を傷口から引き抜いた。

ほう、と、怪我人の顔が穏やかになり、呼吸も深く、安定してきた。とりあえず、窮地は脱したと言っていいだろう。

詰めていた息を吐き出し、荒い息をついたレジーナはハッキリと言った。

「なんとか血は止められたようです——後は医師の到着を待ちましょう」

「よしよし、できたでねぇが。ご苦労だった」

オーリンがふっと微笑み、そこでレジーナもやっと笑顔を浮かべることができた。

そう、なりたい自分になる。才能のあるなしなんて関係がない。

人の傷を癒やし、命を助ける回復術士に、自分だってなれる——。

ようやくその第一歩が踏み出せたことに、レジーナはやっと達成感らしいものを味わうことができた。

「おい、回復術士さん！　終わったらこっちも頼むぜ！」

不意に背中から大声を浴びせられ、レジーナは振り返った。そうだ、まだ怪我人はいるんだった——そう思って立ち上がった途端、膝から力が抜け、あ、とレジーナはその場に頽れた。オーリンが驚いたようにレジーナの肩に手を置いた。

「わい、どうした!?」

「ちょ、ちょっと初っ端から魔力を使いすぎました——困ったな、想像以上に深い傷だったから……」

レジーナは緊張とは違う意味で滲んできた脂汗を右手で拭った。くそ、三年も下積みしたというのに、どうにも魔力量だけは思うように増えてくれない。レジーナは悔しさに拳を握り締めながらも、なんとか立ち上がろうとする。

「わい、ダメ(まね)だ！　魔力ば使いすぎて身体ば壊す(ぶきやす)ど！」

「そんなこと気にしてられませんよ……！　衛兵が駆けつけるまで私が頑張らないと――！」

「そんなことを言って(すたばって)も――！」

　オーリンがそこまで言いかけた時だった。オーリンがはっと何かを思いついた表情を浮かべ、レジーナの顔を見つめながら言った。

「そうだ、レズーナ。お前(め)さば【通訳】のスキルがあるんでねな？」

　突然の言葉に、レジーナは訝しがりながら頷(うなず)いた。

「え、ええ、ありますけど……」

「よし、それでは(へば)、俺(わ)さ回復術の詠唱ば【通訳】せ」

　え？　とレジーナはぎょっとオーリンの目を見つめた。

「つ、【通訳】って……詠唱をそのままに、ですか？」

「んだ。俺(わ)ば回復魔法ば使えねぇ。ほでも、お前(な)が俺(わ)さ回復魔法の詠唱ば【通訳】せば、俺(わ)でも回復魔法は使えるがもわがんねぇ。まぁ、付け焼き刃だども――今だばそれすかねえ」

そんなことが――できるものだろうか。レジーナは一瞬、言われたことの意味を素早く考えた。

確かに、オーリンのスキルは攻撃・防御の魔法を専門とする【魔導師】、そして昨日の晩には闇の禁呪魔法さえ使ってみせたのだから、間違いなくレジーナよりも魔力量が豊富であるのは間違いない。

だが、魔法というものは得てして専門性が高く、単に詠唱を暗記したぐらいでは使うことはできない。それぞれ系統の違う魔法までを広く使える魔導師は少ない。流石（さすが）のオーリンといえども、これほどの大怪我を癒やす回復魔法には詳しくないようだ。

だが、【通訳】のスキルさえあれば――レジーナが心得た魔法の詠唱を他の術者が【通訳】することで、オーリンにレジーナと同等の、いやそれ以上の回復術を使うことが可能かもしれない。それは【通訳】のスキルを持っているレジーナにならできる、レジーナにしかできない、一種の離れ業であると言えた。

これに賭けるしかない――回復術士としてそう結論したレジーナは「わかりました」と頷いた。

レジーナの肩に腕を回し、「よし」とオーリンが身体を支えてくれる。

倒れ伏した怪我人の側にしゃがみ込み、しばらく怪我人の様子を見た。先程の人ほどではないが、こちらもかなりの出血があるようだ。

オーリンに目配せすると、オーリンが無言で頷いた。

レジーナはしばらく、回復術の詠唱、そして今まで聞いたアオモリの訛りとを脳内に思い描き――そして、レジーナは【通訳】した。


【吹き渡れや癒やしの風、潤さんや万里の川、我がただむきに依りて那由多の傷も癒やせと命ず】――。

「フケデバエヤスノカジェ、ウルガセタンゲダカワ、ワノウデコサタモジガテキズデバハーナモカモエヤセズコド――！」


一瞬、自分の口から出てくる言葉が信じられなかった。

いくら【通訳】しているからといって、この慣れ親しんだ回復魔法の詠唱がこんなにも滅茶苦茶になるものなのか――!?　目を白黒させてアオモリ語にローカライズされた回復魔法の詠唱が口から出たと思った瞬間、オーリンが大きく頷いた。

「なるほどわがった、いくど――！」

オーリンが怪我人に対して両手を差し出し、大声で宣言した。

「【回復】ッ！」

オーリンが詠唱した途端だった。レジーナの回復魔法とは違う、青い雷撃が迸り、物凄い光を放ったと思った瞬間――バチッ！　という鋭い音が鼓膜をつんざき、レジーナはうわっと顔を背けた。

今のは一体、まさか失敗したのか――⁉　慌ててレジーナが怪我人に這い寄ると、ふーっ、とオーリンが細い息を吐いた。

「成功だ――傷ば塞がったべ」

そう言われて、うぇぇ⁉　とレジーナは怪我人を覗き込んだ。

確かにオーリンの言った通り、怪我人はぎょっとしたような表情でオーリンを見上げ、それから呆然と自分の身体を確かめるように両手で触った。

「え、え――⁉　俺、どうしたんだ――⁉」

「えっ、ええ……⁉」

レジーナは怪我人とオーリンの顔とに視線を往復させた。

「ちょ、ちょっとこれどういうことですか先輩⁉　いくら魔力量が段違いでも、回復魔法でこんな傷が綺麗に塞がっちゃうなんてことは……！」

「俺にもわがんねぇよ。とにかくまんず、良がった、ってことだべな」

「そ、そりゃそうですけど、ええ……⁉」

さっきまで虫の息だったのに、傷を手当された怪我人は今やすっかり血色も良くなり、引き裂かれ、血塗れになった服以外はほぼ無傷と言っていいような状態に回復していた。

思いつきの付け焼き刃だと言っていたのに、自分より何倍も治療が上手くできてる——有り得ない光景にレジーナが絶句していると、オーリンがどさりと地面に尻餅をついた。

「やれやれ、上手ぐいったはんで良がったでぁ。額さ物凄く汗掻えだで」

流石のオーリンも緊張していたらしく、ローブの袖で額をごしごしと拭っている。とりあえず、これで怪我人は二人とも助けることができたらしい——その気持ちが徐々に湧いてきて、レジーナもようやくその場にへたり込んだ。

「あ、あの、回復術士さんとあんた……ありがとう、あんたたち二人が俺を助けてくれたんだよな？」

その声に、レジーナはその場に寝転んだままの男を見た。服装や装備を見て、ひと目でわかる。この男は冒険者だ。

「なに、礼だっきゃいらねね。それより、お前、何があったんずな？　何故こすたら傷ばつけらえだ？　何ど出遭ったんずな？」

オーリンが冴えた表情で冴えたことを冴えない訛りで問い質すと、男の顔に一瞬「？」が浮かんだ。あ、そういえば普通の人には何を言ってるかわからないんだっけ、と気がついたレジーナは、慌てて【通訳】した。

「お礼ならいりませんよ、それより、一体何がありました？　どうしてこんな大怪我を負ったんですか？」

レジーナがオーリンの言葉を【通訳】すると、男はがばっと上半身を起こした。

「そ、そうだった！　忘れてた……フェンリルだ！　巨大なフェンリルが王都に向かってきてるんだ！　急いで避難を始めないと大変なことになるぞ！」

◆

フェンリルだと？　レジーナは思わずオーリンと顔を見合わせた。オーリンも不審そうに眉間に皺を寄せ、しばらく何かを逡巡した後、再び男を見た。

「その……ふぇ、ふぇ……ヘンリルはどこにいるんだ？」

「そのフェンリルは今どこに？」

「王都から五キロほど北に行った村だ……俺たちは【白狼】と呼んでる、ついこの間から王都周辺をうろつき始めた、とびきりデカい賞金首のフェンリルだ」

賞金首。冒険者の男はそのフェンリルを討伐しようとしていたらしい。

そして、返り討ちに遭った。しかもこんなにボロボロになるほどに、手酷く。

「俺たちが甘かった……まさかあんなにデカいフェンリル、この世にいるわけがねぇと思ってたんだよ。満足な攻撃もできないうちにあっという間に全員がノされた。そのうちアイツは北の村に向かって走り始めた。俺たちだけじゃもうどうにもならなくなって助けを呼びに行こうと……」

そして、このザマ——がっくりと項垂(うなだ)れたままその先を言い淀(いよど)んだ男に、オーリンは「なも言わなく(しゃべね)ていい」と優しい声で言った。

「それにしてもフェンリルなんて……今までそんな魔獣が王都に接近したことなんかないのに……」

「確がに、少し(わんつか)おがずな話だな……」

オーリンも顎に手を添えて不審そうな表情を浮かべる。フェンリルとは巨大な狼型の魔獣で、性質は凶暴ではあるものの、その生息地域は広大な森や草原に限られ、王都のような人間世界の中心部までやってくることは滅多(めった)にない。

ましてや今治療した傷は——如何(いか)に大型の魔獣とはいえ、たかだか牛程度の大きさのフェンリルであるのに、その爪痕はまるで恐竜に切り裂かれたかのような巨大さだった。どうやら、今暴れ回っているフェンリルは、フェンリルとしては異常とも言えるほどの、特大の個体であるらしい。

その時、オーリンが何かに気づいたような表情で冒険者の男を見た。

「そんだ、なぁお前(な)よ。そのふぇ、ふぇ——ヘンリルは賞金首(フダツキ)だって喋(しゃべ)ったな？」

男は大きく頷き、懐をまさぐり始めた。しばらくして、血でべっとりと汚れた一枚の紙切れを取り出した男は、石畳の上に広げた。手配書には【要討伐】の文字とともに、一頭のフェンリルの姿が描かれている。

「あぁ、【白狼】――ヤツに掛けられてる賞金は三百八十万ダラコだ。王都周辺に出る魔物でこれほどの大物は滅多にいねぇぞ」

「三百八十万⁉」

レジーナは素っ頓狂な声を上げてオーリンを見つめた。オーリンも興奮した表情でその手配書を食い入るように見つめている。

「ちょ、ちょちょ、先輩！　このフェンリルを討伐できたら――！」

「ああ――！　なもかもいっぺん(いっとまが)に片付くべ。事務所借りで仲間コ雇って武器コも買って、ほいでもお釣(づ)りが来るべ！」

「は、はぁ――⁉　アンタたち、自分たちだけで【白狼】を討伐するつもりか⁉」

突如色めき立ったオーリンとレジーナを見て、冒険者の男が仰天した表情で二人を見つめた。

「い、今の話聞いてたのかよ⁉　俺たち冒険者が束になっても倒すどころか全員返り討ちに遭ったんだぞ！　無茶(むちゃ)はやめとけ、お前ら自殺志願者かよ！」

「いいえ、自殺志願なんかしませんよ。むしろ大いなる未来と希望に向かって走ってる最中なんです。三百八十万ダラコは私たちがガッポリいただきますとも」

「何をわけわかんないこと言ってんだ！　とにかくこれは冒険者程度でどうこうなる問題じゃねぇ！　王国軍にこれこれこういうことなのでって陳情して、それからフル武装の討伐隊の組織を依頼してだな……！」

「まぁまぁ、詳すぃごどはわがった。とにがく、よぐ頑張ってぐれだな。後のごとば俺さ任せでゆっくりど休んでけへ」

「まぁまぁ、じゃねぇよ！　オイ周りも止めてくれ！　こいつらやる気だぞ！　止めろってオイ！」

冒険者が喚くうちに、《ギルド通り》の人々をどやどやと押しのけながら衛兵隊がやってきた。重傷の冒険者、そしてやめろやめろと喚き散らす冒険者は、委細構わぬ衛兵隊によって半ば拉致されるように担架に乗せられ、救護所へと運ばれていった。

その様を見ながら、レジーナは一・五倍は背が高いオーリンの顔を見上げた。

「先輩……！」

「ああ、わがってる。ヘンリルとなれば、これは衛兵隊でなんどかなる相手ではないだろう。それに三百八十万ダラコだ。こいで一発大逆転だの」

「行きますよね、当然⁉」

「もぢろんさ。――さぁ、そうど決まれば覚悟ばええが。少し乱暴な手段で行くど」

「へ？」

乱暴な手段……？　まさか馬にでも乗っていくのか、と思った途端、レジーナの右手をぐっとオーリンが掴んだ。

「わわ、せ、先輩……!?」

「黙ってでけろ。今ヘンリルの生命力ば探知すてるはで」

そう言うオーリンは瞑目し、何かに意識を集中させるように沈黙して数秒。カッ、と目を見開いたオーリンは「見つけだど」と低く言った。

「よし、そこまで瞬間移動ばするべし」

「はい？」

「瞬間移動だ、瞬間移動。何、最初は少し頭ばぐらぐらするなるども、すぐによぐなるはでんな。よし、準備ばいいが」

瞬間移動って――!?　レジーナはアッサリそう言ってのけたオーリンの横顔を凝視した。

空間に穴を開け、亜空間を瞬時にして移動する瞬間移動――それはよほど高位の魔導師でなければ扱えない、時空の法則をも無視する超高難度の魔法だ。

そりゃまぁ、禁呪魔法まで平然と使いこなすオーリンにしてみれば、時空操作程度はできて当たり前の芸当なのかもしれないが……瞬間移動など体験したことがないレジーナは盛大に慌てた。

「ちょ、ちょっと待って！　先輩、心の準備がまだ——！」

そこまで言いかけた時、それに押し被せるようにオーリンが叫んだ。

「【瞬間移動】ッ！」

その瞬間、レジーナが見ていた目の前の景色が、一瞬にして闇に呑み込まれた。

第四話　オッリョオオオア！！（あら、久しぶり！！）

　ふわっ――と、身体が重力から解き放たれたような浮遊感の後。一瞬、重力を忘れていた身体に、ずん、と重みが戻ったような気がした。

　足の裏に地面の感触があった途端、物凄（ものすご）い気持ち悪さが食道を這（は）い上がってきて、レジーナは思わず地面にしゃがみ込んだ。

「うぇ……き、気持ち悪い……！」

「おい、大丈夫が。ホレホレ、ちゃんと立って深呼吸ばせ。そせば楽になるぴょん」

　そう言われて、二、三回深呼吸すると、ようやく気持ちが落ち着いてきた。レジーナはまだぐらぐらするこめかみを手で叩（たた）きつつオーリンを見た。

「せ、先輩……まさか瞬間移動まで会得してるなんて……それもアオモリでは当たり前なんですか？」

「ん？　まぁそんだびの。今のは牛（ベコ）ば追（ぼっかけ）る時の魔法だ」

「あ、アオモリでは牛（ベコ）相手に瞬間移動を……!?」

「すたって牛（ベコ）ば追（ぼっかけ）いかけるのは結構大変だんだぞ。こいでもハッコーダの畜産農家（ベゴや）さ比べれば全然だ。……それより見ろでば。まんづ酷いな、こいづは……」

　オーリンに促され、レジーナは目の前の光景を見た。

　さっきの冒険者たちがフェンリルを見たという北の村は、見るも無残な有様だった。家屋は引き裂かれ、人気のない村には引きちぎられた木っ端や石塊が散乱し、石畳さえも引っ剝がされている。

「これは……!?」

　思わず、レジーナも息を呑んだ。元々この北の村は北方に通じる街道沿いの宿場町で、王都を訪れる人々の憩いの場所だった。もちろん宿場町ということで衛兵の数も少なくはなく、百戦錬磨の冒険者たちが逗留している場合も多い。

　そんな村が、これほど一方的に破壊されるとは――レジーナが呆然とその光景を見ていると、天地を揺るがすような咆哮が村の奥の方から轟いた。思わずうわっと耳を塞ぐと、メリメリ……という音とともに、整然と並んだ奥の家屋の一棟がいとも簡単に引き倒されていった。

「あっちだ！　ついで来っ！」

　オーリンが駆け出し、レジーナもその後を追う。路上に散乱した瓦礫を蹴飛ばしながらしばらく駆けると、村の広場らしい場所に出た。瀟洒な石造りの噴水が名所であったろう広場は、今や噴水など跡形もなく砕かれて踏み潰され、惨たらしく黒土に塗れていた。

「こ、これは酷い……！」

「おい、余所見(よそみ)すてんでねぇど！　来たでぁ！」

オーリンの切羽詰まったような一喝に、レジーナは前を向いた。

同時に、ズシン、という足音が聞こえてきて、レジーナは息を呑(の)んだ。

「は――？」

メリメリ、バリバリ……と、家屋が棟ごと引き裂かれる音とともに土埃(つちぼこり)が巻き上がり、その中から、にゅう、と立ち上がったものがある。

白いフサフサの、動物の尾のような長細い物体。あれは――まさか尻尾(しっぽ)か？　それだけで人の背丈ほどもあるように見えるが――。

レジーナの目がその巨大さを測りかねた瞬間、「それ」は唸(うな)り声(ごえ)とともに現れた。

はっきりと、レジーナの背筋に冷たいものが走った。

なんだ、これは。これがフェンリルなのか？

これは――あまりにも、あまりにも巨大すぎる――！

そのフェンリルは、大型の個体などという生易しいものではなかった。それ自体がひとつの山であるような体軀(たいく)に、オオカミのそれというよりは恐竜のような牙が並んだ桃色の口腔(こうこう)。グルルル……とその喉が唸り声を上げる度に、周囲の空気がぶるぶると振動するのがわかる。

まるで妖しい満月のような左目が色濃い殺気を湛えて光る——それは隻眼の、超特大のフェンリルだった。

血の気が引いた頭が、先程とは違う理由でくらくらしたその時。輝くフェンリルの目が、足元にいたオーリンとレジーナに落とされた。

途端に全身の毛を逆立て、威嚇の唸り声を上げたフェンリルに、レジーナは一瞬だけ冷静さを取り戻し、オーリンの背中をどついた。

「おっ、オーリン先輩！　こっ、これは無理です！　逃げましょう！」

三百八十万ダラコに舞い上がっていた興奮もどこへやら、レジーナは思わず「逃げる」と口にした。大きいと言ってもせいぜい牛程度を想定していたレジーナにとって、目の前に現れた隻眼のフェンリルの巨大さは完全に想定外だった。

咬まれるどころか、踏みつけられただけでも間違いなくタダではすまない巨大な獣——敵うわけがない、と本能的に察したレジーナの頭の中で警報がやかましく鳴り響いた。

「せっ、先輩聞いてます⁉　逃げましょう！　この大きさはいくらなんでも無理ですよ！先輩！」

レジーナが何度どついても、そのフェンリルを驚愕の目で見上げたまま、オーリンはピクリとも動かない。

いけない、これはあまりの衝撃に完全に腰が抜けてる——！　レジーナは半ば半狂乱でオーリンのローブを引っ張った。

「先輩!?　何ポケーッとしてるんですか！　こんなの相手するなんて、衛兵どころか大砲が要りますよ！　とにかくこれは私たちには無理です！　王国軍にこれこれこういうことなのでって陳情して、それからフル武装の討伐隊を組織して……あああああ!!」

半ば半泣きの声でオーリンを引っ張っていた、その時。

レジーナをまるっきり無視したままのオーリンが、一歩、フェンリルに近づいた。

え――？　逃げ出すどころか歩み寄ったオーリンの行動に、レジーナも一瞬、恐怖を忘れた。オーリンはそのまま、一歩、また一歩……とフェンリルに近寄ると、唇を震わせ、そして、信じられないものを見たというように、呻いた。

「その左目の傷ば……！　まさが、お前、ワサオ……ワサオでねぇんだが……！」

◆

ワサオ？　その不思議な語感の言葉に、レジーナはオーリンの顔を見た。

オーリンは隻眼のフェンリルを見上げながら、まるで飼い犬にそうするように慌ててローブのフードを脱ぎ、大きく身体を開いて叫んだ。

「おい！　お前、ワサオ、アジガサワー湊のワサオだべ!?　俺のごどァ覚えてるべや!?　オーリンだ！　俺はツガル村のオーリンだっ！」

突然の言葉に、レジーナは絶句した。

アジガサワー湊？　それはやっぱり聞いたことない単語だったけれど、オーリンは元々、アオモリと王都しか知らないはずの男だ。

ということは、アジガサワー湊というのはアオモリにある土地で、オーリンはこの超巨大フェンリル――ワサオのことを知っているというのか――。

混乱しているレジーナをよそに、隻眼の巨大フェンリルは不機嫌そうに喉を鳴らす。どう見ても友好的とは言い難い、それは敵に向ける威嚇そのものに聞こえた。そう感じたのはオーリンも同じらしく、オーリンは諦めることなくまた叫んだ。

「覚えてるべ！　昔、お前の背中さ乗って遊んだびの！　多少王都さ揉まえで変わったがも知やねども……俺はお前のごどば忘れでねぇど!!」

いつもよりも格段に酷い訛りが、オーリンが興奮している証拠だった。だがそんな必死の形相のオーリンを裏切るように――フェンリルはぐっと前脚を持ち上げ、殴りつけるように横薙ぎに振り抜いた。

「先輩、危ないッ！」

レジーナが絶叫したのと、オーリンが地面を蹴って横に跳んだのはほぼ同時のことだった。ズシン！　という重苦しい衝撃が地面を揺らし、レジーナは慌ててオーリンに駆け寄った。

「先輩……！」

「――どういうことだ、何故ワサオがこったどごさ……！」

オーリンは悔しさと驚きが入り混じったような顔でギリリと奥歯を慣らした。その表情は、とても敵に向ける表情ではない。変わり果てた肉親を見るかのような、痛ましくやりきれないといった表情だった。

「ワサオ……って、先輩、やっぱりあのフェンリルのこと知ってるんですか？」

レジーナが確信を持って聞くと、オーリンは重く頷いた。

「――知ってるも何も、俺のアオモリの友達だで」

友達？　翻訳されたその思いがけない一言に、レジーナはフェンリルを見上げた。フェンリルの方は先程の一撃が躱されたのが癪に触ったらしく、再び歯を剝き出しにして唸り声を上げた。

「あいづはアオモリのアジガサワー湊の人気者の犬でさ……身体ばでっけぇども甘え上手で、誰がらも可愛がられてよ、よぐ人ば背中さ乗せで走り回っていだった……そいなのに、何故王都さあいづがいるんだってや!?　今まで人様さ噛み付ぐどころが吠えだごどすら無がったのに、何故こすたらごどを……！」

くそっ！　とオーリンは地面を拳で叩いた。その表情はとても嘘や冗談を言ってる表情ではなかった。真実、変わり果てた友達を見つめる悔し顔だった。

　その間にも、フェンリル――いいやワサオか――は、のしのしとこちらへ向かってくる。その目はどう見ても獲物を狩る野獣そのもので、オーリンのことなど欠片も頭の中に残っていなそうな顔だ。

「先輩……！」

「ああ、わがってるでば。何の理由があったものが知らねぇども、あいづは俺が止める。レズーナ、悪ぃども退いてでくれ。巻き込みたぐねはでな」

　オーリンの表情から迷いが消え、代わりに昨晩ヴァロンを倒した時と同じ、凶相になった。

　途端に、ぞっ……と、魔力とも違う、殺気としか言いようがない空気がオーリンから放たれ、レジーナは足が竦んだ。

　レジーナの返事を待つことなく立ち上がったオーリンは、拳を握りしめながらのしのしと歩き、フェンリルの前に仁王立ちに立ち塞がった。

「――こんなどごで会うとは思わねがったぞ、ワサオ。何の因果か知ゃねども、これ以上王都で大暴れすんだば、俺ばお前のごどばやっつけねばまいね。そいでもやるってが！」

　獣相手にも伝わるに違いない殺気と大音声は、フェンリルの唸り声に半ば掻き消された。オーリンが眉根を寄せた途端、フェンリルが物凄い声で咆哮し、オーリンに向かって地面を蹴った。

　涎を撒き散らしながら向かってくるフェンリルに、オーリンが右手を翳した。

「【極大拒絶(ノッツド・マネ)】‼」

オーリンが宣言した途端、一瞬で虚空に展開した巨大な防御障壁が、フェンリルの額に激突した。火花さえ飛び散ったのではないかと思わせる激突に、ぶわんと空間がたわみ、周囲に派手な土煙を巻き上げる。

ギャン！ と犬そのものの悲鳴を上げたフェンリルは、首をぶるぶると振り、その巨体に見合わない身軽さで飛び退(しさ)った。

「あ、あんな巨大障壁を無詠唱で……⁉」

昨晩見た防御障壁とは比べ物にならない規模の障壁を、やはり無詠唱で。やはりこの男、Sランク冒険者などとは根本的に比較にもならない力を持っているらしい。

再び目にすることとなった絶技に興奮しているレジーナをよそに――。右手を降ろし、虚空から防御障壁を掻き消したオーリンに、再びフェンリルが咆哮した。オーリンは凶相の中にもどこかやりきれなさを滲(にじ)ませた表情のまま、再び右腕を振り抜いた。

「【凍却(シミル)】！」

オーリンの号令に、虚空に巨大な魔法陣が複数乱舞し、そこから氷塊が擲弾(てきだん)のようにフェンリルに殺到した。そのほとんど全てをその巨体で受け止めたフェンリルは、顔を背けて苦悶(くもん)の声を振り絞った。

返す刀で再び右手を前に翳し、オーリンが次々と魔法を展開する。

「【跳弾】!!」

恐ろしい音を立てて地面の石畳が次々と捲れ上がり、フェンリルの顎を下から直撃した。ゴ！　という凄まじい音とともにフェンリルの巨体がアッパーカットを食らったように跳ね上がり、フェンリルの口から牙の数本が折れ飛んだ。

「凄い、全然相手にならない……！」

レジーナは物陰で目を瞠った。フェンリルはその敏捷性と凶暴性から、熟練の冒険者でもかなりの苦戦を強いられるだろう危険な魔獣である。ましてやあの巨体、村ひとつを呆気なく壊滅させるほどの魔獣を、あんな風に完全に手玉に取ってしまうとは。

更に目を瞠るべきはその魔法のヴァリエーションだ。てっきり防御障壁しか展開できないのだろうと思っていたが、属性などまるきり無視してしまったかのように、オーリンは次々と周りのものを魔法で操作し、フェンリルを追い込んでゆく。私は、私は一体、どれだけ常軌を逸した男とパーティを組むことになったというのか――。

蓄積したダメージが限界に達したらしく、ズシン、と、フェンリルがもんどりうって地面に倒れた。ほう、と呟いて右手を降ろしたオーリンに、レジーナはおっかなびっくりで駆け寄った。

「せ、先輩――！」

「ああ、大丈夫。お前も怪我ばねぇが？」

「私も大丈夫です、あの……」

「いや、待て（まずろ）。まだ終わってねよんた……」

　オーリンは再び殺気を纏（まと）って前を見た。

　頭を持ち上げ、折れた牙を剝き出しにし、フェンリルが立ち上がろうと躍起になって地面を掻いている。どう見てももう立ち上がることなどできぬダメージを負っているのは明らかなのに、それでもその隻眼はなお戦うことを諦めようとしていない。

　もう立つことすら覚束（おぼつか）ないボロボロのフェンリルに、オーリンが奥歯を食いしばった。

「こいでも目ば醒めねぇのがよ、この野郎（ツボケ）がごの……！　俺（わ）さこれ以上さへるなでぁ……！」

　追い打ちを掛けようと右手を握り締めたオーリンの拳が――ぶるぶると震えていた。

　そうだ、オーリンとワサオは地元の友達だったはずで、さっきはあのフェンリルの背中に乗って遊んだとも言っていた。オーリンにとってこのフェンリルは魔獣ではなく、竹馬の友――種族の違いなど関係がない、アオモリの親友の一人であったはずなのだ。

　ふと――レジーナはひとつ、忘れていた疑問を思い出した。

　通常、フェンリルの生息地域は集団で狩りがしやすい草原や森林に限られていて、こんな人口密集地帯に現れることは考えられない。しかもオーリンの言っていることが本当ならば、このフェンリルは飼い犬同然にアオモリの人々に可愛（かわい）がられ、人に懐いていたはずだ。それがアオモリを脱出し、王都近くで急にこんな殺戮を始めたのには、何かよほどの訳があるに違いない。

もし、人間になにか恨みを抱くようなことが起こったのだろうか――。

そう考えていたレジーナに向かって、フェンリルが咆哮した。


【立ち上がれ巨獣よ、まだまだ終わらぬ、地の果てまで翔けよ、人間を殺せ――！】


はっ、とレジーナはフェンリルを見た。前脚を踏ん張り、どうにか上体だけを起こしたフェンリルが、唸り声を上げる。

それと同時に、レジーナの脳内におどろおどろしい怨嗟の声が流れ込んできた。

【吼えよ、翔けよ、そして地上にあまねく知ろしめよ。人間どもに贖いの流血を、至上の罰を――！】

なんだ、一体何を言っているんだ、このフェンリルは？　レジーナは無意識にフェンリルの言っていることを【通訳】している自分と、その内容に驚いた。
立ち上がれ巨獣よ――これはどう考えてもフェンリル自身の声ではないだろう。フェンリルのものではない何者かの声が、フェンリルの口を通して聞こえているのだ。

人に懐き、可愛がられていたフェンリルが急に人々を殺戮し始めた不可解。

そして旧友であるはずのオーリンすら全く認識せず、無慈悲に抹殺しようとする不可解。

まさか――レジーナの頭に電撃が走った。

オーリンがフェンリルに向かって右手を翳そうとするのを、レジーナは全身で躍りかかって制した。

「先輩、とどめは待ってください！」

オーリンが驚いたようにレジーナを見た。

「な、何だえ――？」

「私のスキルは【通訳】です！　あのフェンリル、いえ、ワサオの言ってることがおかしい！　彼は――何者かに操られている可能性があります！」

◆

「あ、操られてるって……⁉　ワサオがか⁉」

オーリンがレジーナとフェンリルを交互に見つめた。

「彼はなんだか妙な言葉を喋（しゃべ）ってます。まるで自分の意思じゃない言葉で――人間に贖いとか罰とか……とにかく、これはおそらく彼の意思じゃない」

レジーナが言うと、オーリンの顔が安堵したような、更に怒りが燃え上がったような、複雑な表情になった。

「確かだってが？」

「確証はありませんけど……でも、おそらくは。彼の中にまるでもう一人人間がいるような感じです」

「そが……そういうことなら納得もできるではぁ。なんぼなんでもあのワサオがこんなごとするわげねぇでの」

オーリンが呻くように言い、ローブの袖を捲り上げた。傷ついた身体でやっと上体を起こし、こちらに向かって唸り声を上げるフェンリルに、オーリンはツカツカと歩み寄った。

「せ、先輩——⁉」

「退いてろや。何が起こるが俺でもわがんねぇはで」

オーリンはフェンリルの前に立った。グオオオオ！　と、臓腑を揺さぶるような咆哮を全身に受け止めても、その身体は身じろぎもしない。

フェンリルが咆哮し、オーリンに噛みつこうとしたその瞬間、オーリンは地面を蹴って跳躍した。

あっ、と声を上げて空を見上げたレジーナの視線の先で、オーリンがひらりとフェンリルの頭の上に着地した。そのまま、トン、とオーリンはフェンリルの頭に右手で触れた。

「【強制鎮静(ネネバ・ネ)】」

その鋭い声を発した途端、ぐっ、と、フェンリルの前脚が揺らいだ。がり、がり……！と前脚で何度か地面を掻いたフェンリルの目が――やおらぐるんと白目を剝き、それと同時にフェンリルの身体が支える力を失った。

再び跳躍したオーリンが地面に降り立った次の瞬間、ズシン……！　と、土埃(つちぼこり)を上げてフェンリルが沈黙した。

レジーナがおっかなびっくりフェンリルに歩み寄ると、フェンリルの生臭い息が真正面から吹きかけられた。

「死んでない……先輩、何をしたんですか？」

「寝しぇだのさ。しんばらぐは起ぎねぇはずだ」

そう言って、オーリンは立ち上がった。

「さぁ、これがら診察の時間だな。俺(わ)の勘が正しげれんばの話だけどや……」

オーリンはフェンリルに近づくと、ごそごそとその巨体を検(あらた)め始めた。耳を覗(のぞ)き込んだり、腹を見たり、尻尾(しっぽ)を引っ張ってみたりしているオーリンに、レジーナはおずおずと訊(たず)ねた。

「先輩、一体何を？」

「ああ、もしワサオが操られでんだば、何処(どご)かに印(さが)ばあるびょん」

「印って？」

「ああ、お前も冒険者さなるんでば覚えどげ。呪いやまじないなんつものはよ、そう簡単にかげられるもんでばねぇのさ。丁寧に探せば必ず証拠ばある」

そう言いながら、オーリンが再びフェンリルの顔の前に戻った。じっと、沈黙しているフェンリルの顔を見上げたオーリンは――やおら顔によじ登り、閉じられている左目の瞼を両腕で押し上げた。

閉じられた瞼の下から出てきたもの――。

レジーナはあっと声を上げた。

「やっぱりが――でかしたどレズーナ。ホレ、こいつが証拠だ」

そう言ってオーリンが身体をずらし、出てきたものを見せた。

巨大な円の周りを、複数の小さな丸が取り囲む不思議な意匠――。

なにか呪術的とも言える、それはレジーナが一度も見たことのない紋章だった。

この意匠が、フェンリルを、ワサオを狂気の猛獣に仕立て上げた印なのか。

レジーナが解答を求めてオーリンを見ても、オーリンは無言でその意匠を眺め続けた。

「よし、わがったならすぐに始末すべ……【破壊呪】!!」

オーリンがその意匠に向かって右手を翳し、そう号令した途端、何かが粉々に砕け散るような鋭い音が発し、その紋章は光の欠片となって砕け、跡形もなく消えた。

ふう、とため息をついて地面に降りてきたオーリンに、レジーナは駆け寄った。

「先輩――！」

「ああ、もう心配ねぇごだ。ワサオは元通りになるはずだ」

「よかったですね！　このままこのフェンリルが王都に来てたらどうなっていたことか――！」

レジーナが手を叩いて喜んだのと反対にオーリンは無言で下を向いた。

ん？　とレジーナはその反応を意外に思った。

まるでその表情は、何も解決してはいないと言いたげな、強い懸念を孕んだ表情――その表情のまま、オーリンはワサオの顔に背中を預けて、一塊の瓦礫の上に座り込んだ。

「――どうしたんですか？」

「ややや、参ったでば。とんでもないものが出てきたでぁ。――今のあの紋章、お前、知らないか？」

予想外の質問に、レジーナは戸惑いつつ首を振った。

「え？　紋章？　いや、特に見覚えはないですけど――先輩は知ってるんですか？」

レジーナが言うと、オーリンは下を向いた。

何かを言い出そうか迷うような沈黙の後――オーリンは意を決したように言った。

「あの紋章は《クヨーの紋》――北の王家、ズンダー大公家の紋章だべ」

◆
「ず、ズンダー大公家――!?」

オーリンはゆっくりと頷(うなず)いた。

「んだ。あのひときわ巨大な団子(でったらだ)を囲む、九つの餅団子の紋章――間違いない(まづげえね)、ズンダー大公家の紋章だ」

そう断言するオーリンの言葉に、レジーナは一瞬、この事件の下に口を開けた奈落を覗き込んだような、嫌な肌寒さを覚えた。

ズンダー大公家とは、ここから更に北の方角――『杜(もり)の都』と称される大陸最大の都市・ベニーランドを都とした東北地方を領有する、強大な王家の名前だ。肥沃で広大な穀倉地帯を有し、海運にも強い影響力を持つ大公家は、王国のほか全ての貴族とは比較にならない力を備えた一大豪族である。

しかしズンダー大公家は、数百年前の動乱の時代には現王家と大陸の覇を競い合った宿敵でもあり、一応の政治的な決着を見て大公位に封(ほう)ぜられた後も、王国に対して半独立の態度を貫いているという驕(おご)れる巨人である。

この国の王家すら凌(しの)ぐ、無双の武力と莫大(ばくだい)な財力を保有するズンダー家は、隙あらばこの大陸の覇権を狙っていると噂(うわさ)され、何か王都で動乱があれば黒幕としてズンダー大公の名前が真っ先に上がるほどだ。

そのキナ臭い王家の紋章が、何故(なぜ)呪いに使われているのだ——？

そしてその紋章によって操られたフェンリルが、王都に暴れ込もうとした訳は。

レジーナが無言でオーリンを見ても、オーリンは首を振るだけだった。

「俺(わ)さもわがるわげねぇべ。これ(こい)がズンダーの一族(まき)の仕業であんのが、それども誰かがズンダー家ば騙(かた)ってこったごとしくさったのが……どっちにすろ、放ってはおけないな(ほっとがいね)。

……よし」

何かの決意を固めて立ち上がったオーリンは、まだ寝ているワサオの鼻先を撫(な)で、そして静かに言った。

「【最小化(チッペ)】」

オーリンがそう令した途端、見上げるほどに巨大だったワサオの身体が——ぐんぐんと縮んでいった。ええっ!? と目をひん剝いたレジーナの前で、ワサオはまるで飼い犬より少し大きい程度にまで縮まってしまった。

「ええ——!? せ、先輩、何したんですか!?」

「何すたもこうしたもねぇべよ。このままワサオば連れ歩くわげにはいがねぇ。何人もやっつげでまったべしな」

「こ、こんな魔法見たことないんですけど……何をどうやったんです？」

「なも簡単なこった。空間魔法一緒に容積変換の式ば突っ込むだけだ。理屈さえわがれば誰でもでぎんべ」

空間魔法って――さらりと言ってのけたオーリンに、レジーナは唖然としてしまった。まず、その空間魔法を会得するだけで普通の魔導師なら十年もかかるだろうに。ましてやその空間魔法と複合して新しい魔法を構築するなんて――天性の発想力とセンスがなければできない芸当に違いない。

半ば呆れているレジーナの前で、ふと――ぱちり、とワサオが目を開いた。

ぐっと上体を持ち上げた後、しばらくレジーナとオーリンを不思議そうに見て、ワサオはくんくんとオーリンの指先に鼻を寄せた。

途端に、ワサオの尾が激しく揺れ、オーリンの指先を一生懸命に舐め始めた。さっきまでの殺意丸出しの表情ではない、人懐っこい飼い犬そのものの反応に、レジーナはちょっと驚いた。

ひとしきり指先を舐めたワサオは、ワン！　と一声、元気に吠えた。

「レズーナ、お前、犬の声も【通訳】でぎんだったな？　ワサオばなんて言ってら？

【通訳】すてけへ」

「あ、ちょっと待ってください――えーと、『やーやや、まめしぐしちゃらが』、って言ってますから……【おお、元気だったか】ですね。ワサオは先輩のことを覚えてるっぽいですよ」

凄(すご)い、アオモリでは犬も訛(なま)ってるんだ……。どうでもいいことに驚きつつ言うと、オーリンが安心したようにため息をついた。

「レジーナ、お前(な)の【通訳】でワサオから詳しい話コば聞けるが？　何がどうしてこったごとさなったのが、聞いでくれるか？」

「ま、まぁ、できないことはないですけれど……」

やはりそうくるか。レジーナが思わず渋面を浮かべてしまうと、オーリンが不思議そうにレジーナを見た。

「ん？　どすたば？」

「【通訳】は犬猫相手だと少し恥ずかしいんですよ……先輩、笑わないでくださいね？」

レジーナはそう断ってから、ゴホン、と咳払(せきばら)いをして、ワサオに向き直った。

「わ……ワワンワン？　ワン、ワンワン、ウォォン？」

冗談だろう？　というようなオーリンの視線が背中に痛かったが、冗談でも何でもなかった。本来、【通訳】とはこういうものである。

人間であるのに突如としてフェンリル語を話し始めたレジーナに、ワサオも少々驚いたようだったが、それでも次の瞬間にはきっちりとフェンリル語で返答し始めた。

「ワンワワンワン、バウバウ、ワワンワンワン」

「ワンワン。ワワワンワンワン？　キャイン？　バウワウ」

「ワンワン、バウバウ」

「ワンワワンワン！　オォン、アォン、ワンオンワン！」

「ガルルル！　ワン。ワォンワォンウォーン、ワォン！」

「ワォワォ、ワォンカード」

そういうことか――大体の話がわかったレジーナは、オーリンに向き直った。

「ワサオは王都に来るまでのことは何も覚えていない、と言ってます。ただ、アオモリにいた時、近所では見慣れない怪しい匂いの人間に出会った後、すぐに記憶がなくなったと」

本当かよ？　と言いたげな表情で、オーリンはレジーナを見た。本当ですとも、と力強く頷くと、オーリンもやっと納得したようだった。

「怪しい人間、か。まぁ十中八九は――」

「ええ、ワサオもその人間が自分をおかしくしてしまったんだろうと、そう言ってます」

「っつうごだ、やぱしさっきのは呪いか。俺の友達ばこったにしくさって……誰だがさはわがんねども、とっても放ってはおがいねな」

オーリンはぶんぶんと尻尾を振るワサオの頭を撫でながら、一瞬遠い目をした。見つめている方角は、地平線の向こう――ズンダー大公家が領有する北の方角、そして己の故郷であるアオモリがある方向だった。

しばらく無言になってから、やがてオーリンは覚悟を決めたような表情で言った。

「なんだがさ嫌な予感がするっきゃの……。これはなにが北の方、アオモリで、奇妙なごどば起ぎでらな……いっぺん、北さば行ってみねばまいね。やれやれ、五年ぶりの里帰りがこったキナ臭ぇごどになるどはな」

オーリンの重い呟きに、レジーナは頷いた。

「そうですね。アオモリはともかく、本当にズンダー大公が黒幕なら王国の平和そのものが危ないですから。急いでズンダー大公領に向かわないと……」

そう言うと、えっ？　とオーリンがレジーナを見た。

「お前……まさがついでくる気が？　一銭の得にもなんねぇこったど」

「何言ってるんですか、ついていくに決まってるじゃないですか。それに、一度関わり合いになった以上はほっとけませんよ」

「いや、そうは言ったって……」

「あーあー！　もう、先輩はいちいち四の五の言いすぎです！」

焦れったくなったレジーナが大声で遮ると、オーリンが口を噤んだ。

「一緒にパーティを組んで冒険者をやる、昨日の晩に自分で言ったことをもう忘れたんですか？　もう先輩と私は同じパーティ、パートナー、相棒、運命共同体です！　それに相手がズンダー大公だろうが王家だろうが、冒険者は名誉とおカネを求めて好奇心のままに冒険をする――そうでしょう？」

そう、それはどの冒険者にも備わっている、原始的な野望。

冒険者はこの世の誰よりも自由で、スリルを好む人種なのだ。

目の前の障害が大きければ大きいほど燃えてくるのでなければ、冒険者とは言えない。

「こんな大きなヤマ、他人に任せたんじゃ面白くないですよ。ね？」

片目を閉じながらそう言うと、へ、とオーリンが気恥ずかしそうに笑った。

「レズーナ、お前ば、やぱしかなりの強情者だな……アオモリの女みでぇだぜ」

「それ何回も言いますけど、褒めてるんですよね？」

「もぢろんだね。さぁ、そうど決まれば長居ば無用だで。懸賞金ばもらったらすぐに北さ向がうべし」

オーリンが立ち上がると、当然のようにワサオも立ち上がって、オーリンの足元にすり寄ってきた。おや、とオーリンが振り返ると、ワサオはつぶらな瞳でオーリンを見上げて、ワン！　と吠えた。

「置いてくな、って言ってますよ、先輩。彼も運命共同体になりたいみたいです」

レジーナが半笑いの声で言うと、オーリンも呆れたように笑った。

「そんだな、お前もアジガサワー湊さ帰さねばまいねが――仕方ねぇな、ついでこいや」

そう言ってオーリンが頭を撫でると、ワサオが嬉しそうに尻尾を振った。安心して眉尻を下げたレジーナは、挨拶をしようとワサオに歩み寄った。

「ということで、よろしくねワサオ！　私はレジーナ・マイルズ、新米冒険者で――」

自己紹介とともに頭を撫でようとした瞬間、ワサオが歯を剝き出し、ガブ、とレジーナの右手に嚙み付いた。痛っ、と悲鳴を上げるより、ワサオのあまりの豹変ぶりに驚いて思わず固まると、ワサオがウーッと低い声で唸った。

「……えっ、ワサオ――!?」

オーリンも驚いたようにワサオを見た。ワサオは鼻頭に皺を寄せ、敵意剝き出しでレジーナを睨んだ。

「わい、つらつけねぐわばちょすな。俺ぁはお前どけやぐさなった覚えねど。ほじねじゃっぱごのくせすてぶぢょほすな、ホジナシめが。次やえばたんだでおがねど」

【おい、気易く俺に触るな。俺はお前とまだ友だちになった覚えはないぞ。新米のド三下のくせに無礼を働くな、阿呆。今度やったらタダじゃおかないぞ】

——ワサオは、はっきりとそう言った。

どうも、こう見えてワサオは気位が高い犬らしい。

絶句しているレジーナに、オーリンはちょっと慌てたように言った。

「ま、まぁ、そのうぢワサオも慣えでくるさ。まんず行くべし、な？　レズーナ、そうすべし」

本当に慣れてくれるのだろうか、滅茶苦茶下に見られてる気がするんだけど——。

レジーナは今後のベニーランド行きをかなり不安に思いながら、のろのろとオーリンの後に続いて歩き出した。

第五話　スニデグ・ネバ・ハッケロ（死にたくなくば走れ）

「何故だ⁉　何故報酬ばもらえねぇってや！　俺はちゃんど白狼ば討伐したんだど！　ほら、証拠もここにあるべよ！　こいづがその討伐した白狼だ！　こいづ見だらどったらアホでもわがんべや！」

冒険者クランの窓口で、オーリンはこめかみに青筋を浮かべながら怒鳴り声を上げていた。その猛烈な訛りのせいで周囲の人間は何を言ってるのか皆目わからなかったはずだが、とにかく彼がとても怒っていることだけは伝わっていたに違いない。その足下で、懸賞金三百八十万ダラコの討伐対象であったはずのワサオは、人間同士のいざこざには関心がなさそうな表情で、くああ、と欠伸をしている。

窓口に立つ頭がズル剝けの親爺は、ほとほとウンザリしたというように眼鏡のレンズを拭きながら「だからね……」と口を開いた。

「アンタねぇ、いくらなんでもそんなワンちゃん一匹連れてきて『これが討伐した白狼だ』はないでしょう？　一体誰がそんなこと信じるの。そんな言い訳が通るなら今頃このクランは破産してるよもう。せめて尻尾とか耳とか切って持ってきてくれたなら信じることもできたけどさ」

「だがら生ぎた証拠ば連れてきてやったびの！　こいづがその白狼だんだって何回喋らせんだってな！　こいづの名前はワサオ！　誰がに操られでまってらったんだって！」

「も、もう困ったな。せめてこの人が何を言ってるのかわかるならいいんだけどな……」

オーリンが大声を上げる度に唾が飛ぶらしく、親爺はいちいち眼鏡を外しては丹念にレンズを拭っている。オーリンは一歩も退かぬという気迫で抗議しているが、場の空気的にも、話の流れ的にも、どうにもこの決定は覆りそうにはない雰囲気である。

既に十分は続いている押し問答の時間を考えるまでもなく、このオーリン・ジョナゴールドという青年、意外なことに物凄く強情者であるらしかった。普段の人畜無害さからは想像もできないような剣幕と声でがなり立て、凄まじい形相で抗議するオーリンは、まさに人が変わったとしか思えない有様であった。

オーリンの肩を擦ってまぁまぁとなだめながら、レジーナはオーリンの言ったある言葉を思い出していた。『アオモリの人間は誰でも強情』――オーリンの故郷であるアオモリの人間は強情者が多いらしいが、それにしてもこれはどうだろう。犬だとしか思えないフエンリル一匹連れてきて、「これが討伐対象なんです」と主張して報奨をせびろうとする冒険者――それは無茶な言い分というよりはいっそゴロツキの強請りに近い主張であったはずで、レジーナが考えたってこれはどう考えても通りそうにはない抗議であった。

「それにあんたたちには冒険者二人の救助に協力したってことで、別のギルドから謝礼で二十万ダラコも支給されたんだから、それでいいでしょう？　これも立派におカネだよ」

「二十万なんていっぺん飲んだらサラッと無ぐなってまるべや！　三百八十万ど二十万だど！　なんぼ算数でぎねぇバガな子供でもどっちが多いがぐれぇわがんべや！」

「せ、先輩、もういいでしょう？　私だって無関係なら信じられないし……！」

「レズーナまで何を言ってっけや！　お前も見だべよ！　俺の魔法が操られだワサオをこう、ボコボコにやっつけてや……！」

「あのねぇ、そんなこと言ってもねぇ。仮に、仮にだよ、その白狼がそのワンちゃんだったとしてね、この手配書には『要討伐』って書いてあるのよ。そのワンちゃんは死んでないと賞金が出ないの。フェンリルは移動速度が速いからいっぺん森に追い返したぐらいじゃ何にもならないのよ。わかる？」

「そいだら三分の一、賞金は三分の一でも良！　そこまで強情張るってんだば負けでけるでば！　俺が一人で討伐したんだど！　それぐれぇ出すてもいいべや！」

「あ、あの、三分の一でいいから賞金出ませんか？　でないとこの人、多分納得しないと思うんですけど……！」

「無理だよ。私が依頼主になんて説明するのよ？　それに仮にねぇ、あの白狼が誰かに操られていたっていうアンタの言い分がだよ、本当だとしてね？　今はそうじゃないんでしよ？　それをどうやって証明するの？」

　ぐっ、と、オーリンが返答に詰まった。その隙にねじ込むようにして、親爺は呆れた目で言った。

「それに何回も言うけどさ、白狼は完全に息の根を止めてないと賞金は出せないんだよ。そんなもの最初から手配書に書いてあったでしょう？　アンタの言い分が本当だったとしてね、ならなんでその時にそのワンちゃんのこと締めなかったの？」

「締めるってなんだや！　ワサオは俺の友達なんだど！　人の友達ばオーマのマグロみでえに喋んなや！　あんまし馬鹿にすてけつかるどお前がら電気ショッカーでキュッとこう……！」

「あーあー！　なんでもありません！　なんでもありませんから！　先輩、ちょっとこっちへ！」

　これ以上言わせておくと確実に衛兵を呼ばれるだろう。無職になった挙げ句に牢屋に放り込まれるのだけは避けねばならない。窓口のカウンターに足をかけて踏ん張り、レジーナは力任せにオーリンを引き剝がした。

「先輩、ちょっと落ち着いてください！　どう考えたって私たちの言ってることの方が無茶ですよ！」

　オーリンの燃える目がレジーナを見たが、怖気づいてはいられなかった。レジーナはオーリンの背中を叩きながら落ち着けと繰り返した。

「先輩が強情なのはわかりますけど、少し冷静になってくださいよ！　そもそもあんな抗議の仕方じゃ通るもんも通りません！　どう考えても私たち、クランを強請りに来たゴロツキですよ！」

そうなだめると、ギロリ、とオーリンがレジーナを睨みつけた。

「レズーナ。お前、マッチがなんか持ってねぇが？」

「え、持ってませんけど……マッチがどうしたんですか？」

「よーす、今がら俺が買ってきてける。俺がこごらの人々のごどば引き付けでるうぢさ、お前はこのクランの裏さ回って火ィつけろ」

「一体全体急に何を言い出すんですか！　放火⁉　放火しようって⁉　どういう強情なんですか！　いい加減落ち着いてくれないと埋めちゃいますよ‼」

「んぬ、埋めらえるのはなんぼなんでも嫌な――火ィつけるのは諦めるが。そいでば今度は牛糞堆肥かなにがをノレッと積んだ馬車を突っ込まへで……！」

「離れて！　その地点から離れて！　どこのヤクザの地上げですか！」

放っておけば本気でそんなことをやりかねない様子のオーリンの袖を掴み、レジーナは必死になって説得した。

「もう十分抗議したでしょう⁉　通らないものは通らないんですって！　三百八十万は惜

しいですけど、またチビチビとクエストやっていくしかないですよ！」

「すった悠長なごど言えねぇべや。ここらのでかいクエストはほとんど大手のギルドが押さえでるんだ。俺らみでぇなソロの冒険者さ回してもらえる仕事の報酬なんてタカが知れでんべや。こんなんでばギルド創設まで何年かかるがわがったもんではぁねぇど」

「それでも！　それでも我慢するしかないでしょう!?　それに人助けの報酬として二十万ダラコはもらえたんだから！　それでしばらく繋ぐしかないですよ！」

「嫌だ!!」

　オーリンはまるで小さい子供のように頬を膨らませ、クランの床に寝転がってジタバタと暴れ始めた。まさか二十歳を超えた大人がやるとは思えない駄々の捏ね方に、クランのホールにいた全員の顔が引きつった気がした。

「嫌だ嫌だ嫌だ嫌だ!!　おカネもらえねぇんだば嫌だ!!　強情張るぞォ俺は！　ここで死にくたばるまでゴンボ掘ったくってやるがらな!!　何だがさ奇妙なのがいるって噂にしてこのクランの評判ば地に墜どすてけるどォ！　そいでもいいんだが!!」

「嘘でしょうこの人!?　あーもーなんなの！　ちょっとホラ立って！　みんな見てるでしよう!?　アオモリの看板背負った人がこんなみっともない！」

「みんな見てるがらいいんだびの！　アオモリ人がいっぺんゴンボ掘ったらどいったげしづごいもんだがさ王都の人間たちさ教えてやるでァ！　二十万なんてはすた金、ベニーランドまでの路銀でべろっと無なくなってまる！　やぱし三百八十万もらえねぇば嫌やんただ!!」

「ベニーランド？」

不意に——クランの窓口の親爺が声を上げ、オーリンがハッと駄々を捏ねるのをやめた。

「なんだか訛なまりすぎててよくわかんないけど——あんたたち、ベニーランドまで行く予定あるの？」

「ま、まぁ、そうだって言えばそうですけど——」

「それを早く言ってよ。それならちょうどよく紹介できる仕事があるんだから」

へ？　とレジーナとオーリンは顔を見合わせた。

「仕事？　仕事って、クエストですか？　ここは王都でしょう？」

「それなんだよ。今日届いた手配書なんだけど、なんだかベニーランドの人たちが物凄くお困りっぽくてね、王都だけじゃなくて国中に手配書がバラ撒まかれてるの。まだ王都の冒険者は誰も手をつけてないんじゃないかな。やる？　あんたたち」

親爺はそう言って、一枚の手配書をカウンターに置いた。

レジーナはそれを覗のぞき込んで——震えた。

「な、なによ、これ……!?」

レジーナはその手配書を取り上げ、胡座あぐらをかいて座り込んでいるオーリンに示した。

「せっ、先輩！　これ!!」

レジーナが大声を上げると――手配書を見たオーリンの目が、驚愕に見開かれた。慌てた様子で立ち上がり、手配書に見入るオーリンの横で、レジーナは震える声でその内容を読み上げた。

「『【急募】ズンダー大公家より簡単な魔物討伐関連の依頼――報酬、一千万ダラコ』――」

一千万。その額面の巨大さに、レジーナの頭がくらくらした。

一千万、一千万ダラコ。それはまさに途轍もない金額であった。ギルドの創設資金どころではなく、向こう数年分の運転資金までガッポリ稼ぐことができる金額ではないか。いや、それだけではない。一等地に事務所を構え、一流の装備を揃え、お高くとまったソロのS級冒険者の頬を札束で叩き、その上、酒池肉林のハーレムまで――。

「先輩――！」

「やる！　やるやるやるやる！　俺らがやる！　この仕事やるッ！」

さっきの強情っぷりもどこへやら、オーリンは血相を変えて窓口の親爺にかぶりついた。

「一千万！　一千万って報酬は嘘でばねぇんだべな!?　ここでつまんねぇホラばこぎくさったらハチノへのスルメイガみでぇに刺し身にしてけるっきゃのぉ！　嘘でばねぇな!?」

イラスト：ももこ、カカオ・ランタン、日向あずり、シソ
聖なる夜の
メリー☆コンサート！
スニーカー文庫
冬の大感謝フェア
開催中！

ライトノベル（電子）売上※KADOKAWA調べ
2022年上半期（1～6月）
新作第1位
"No.1ヒロインの隣にいる子"を幸せにするラブコメ！
クラスで2番目に可愛い女の子と友だちになった
たかた
［イラスト］日向あずり
作品公式Twitter
開設しました！▶
スニーカー文庫

「ちょ、ちょっとお連れさん！　通訳通訳！」

「おじさん、この一千万って報酬は嘘じゃないんですよね!?」

「嘘でこんな手配書作るわけないでしょう！　とっ、とにかく、詳細はこのズンダー大公家の人に聞いて！　我々だってそれ以上のことはよくわかんないんだから！」

「よすよす、わがったわがった。さんざん怒鳴って申し訳なかった（めやぐでした）。あんだが話コわがる人でいがったではぁ！　あんだぐれぇズル剝（は）げのいい人だばツルタはげます会の会長さなれんど！」

「つ、ツルタはげます会……？」

「今度機会ばあったら紹介してけるさ！　へばな！」

　さっきまでの憤りはどこへやら、オーリンはニコニコのえびす顔で手配書を折りたたみ、懐に入れた。

「よーすレズーナ、こいでいよいよ俺ら（おらだ）の目的地ばベニーランドさ絞らえだの！　こいで一発当てでギンザの一等地さ事務所ばぶっ建てでやるべしよ！」

「おお、いいですねぇ！　ギンザの一等地！　もうこの金額ならとんでもない事務所が建ちますね！　いよっ、じょっぱり御殿！」

「まだすったな話は早（はえ）ぇでぁ！　おい、何すてらんだば、行くぞワサオ！」

　オーリンとレジーナは意気揚々とクランのエントランスを後にした。

彼らの目には、既に前途洋々となった未来の青写真が燦然と輝いていた。

一等地に事務所、一流冒険者ギルド、ハーレム、一発逆転——人生はなんと薔薇色なのだろう。レジーナは何だかトントン拍子に転がり出した人生に笑いたくなってしまった。

その日、二人は明日の出立の準備を約束し、それぞれの住まいに散っていった。旅の用意を整えてベッドに入ったレジーナは、その晩、酒池肉林のハーレムの夢を見ながら、しばらく戻ることのない実家での夜を過ごした。

◆

「ここからズンダー大公の本拠地であるベニーランドまで、王国道四号線を北上……遠いですね。馬車でも十日はかかる行程ですよ、これ」

東と北の間へ向かう旅の準備を整えた明くる日、王都郊外を歩きながらの作戦会議の最中、レジーナは大陸全土の地図を広げながら唸った。生まれてこの方、王都の生活しか知らないハコネ知らずのレジーナにとって、その距離は遠いを通り越して天文学的なものに思えてしまう。

うーむ、と唸るレジーナに、オーリンが言った。

「それだけでねぇど。東と北の間さ向がうには様々だ危険ばある。アオモリほどではねぇばって、魔獣や獣も大きくなる。気を抜けば一瞬にオソレザン行きだで」

「オソレザン？」

何だか物凄(ものすご)い名前がオーリンの口から出てきて、レジーナはオーリンを見た。

「ああ、アオモリの地の果てさあるこの世の地獄だ。死んだ人間ばそごさ行ぐんだずおな――」

オーリンは遠い目をして空を見上げた。

「オソレザンは文字通りの地獄さ。有毒なガスがモツモツど噴き上がってる火山地帯でよ、そごさ行げば死んだ人間に会えるってすんだ。もちろん夜中(ばげま)でば生ぎでる人間などただの一人(ふとり)もいねぇ。誰がいだど思って肩さ叩けばそいづは死霊よ。アッと思う間もねぐ、そのままあの世さ引っ張り込まれるだずんだ」

そんな空恐ろしい、この世とあの世が入り混じってしまったような場所が――あるというのか。一瞬、何も知らない自分をからかっているのかなと思ったが、オーリンは冗談を言っている雰囲気ではなかった。

「先輩は、その……オソレザンに行ったことあるんですか？」

「ああ、王都さ来る前に一回(ふとぎやり)な。そごさいるシャーマンキングさ会って、一週間ばりその道の修行ばすたごどある」

「シャーマン……キング？」

「オソレザンを支配する死霊術の達人、死霊術師(ネクロマンサー)の王だ。物凄く恐ろしい(たんげおつかねえ)人(ふと)だど。あの人(ふと)

のもとで修行すて一週間でも生き残れだのが不思議なぐれぇだで――」

それ以上は聞いてくれるな、というようにオーリンは口を噤んだ。オソレザンでなにか余程恐ろしい目にあったのは間違いないらしく、何だか顔色が悪い。それ以上詳しく訊くのは流石に憚られる雰囲気に、レジーナは慌てて雰囲気を変えようとした。

「でっ、でも、そんな人のもとで修行したなんて凄いです！　ある程度死霊術も使えるだなんて、先輩はやっぱり凄いです！　これならベニーランドなんて何も心配なく辿り着けますよね！」

「いや、そう簡単にはいがねべ」

言下に否定したオーリンは、そこでレジーナを睨むように見た。

「いいがレズーナ。王国道四号線の起点はウェノにある。けんど、新市街区の道を通れるのは貴族や大手商会のみだ。俺だちは今ってば単なる無職だがらの、ギルドが用意してくれでだ通行手形ももう無ぇ。個人で新道を通るってばそいっだけで審査に時間がかがってまるし、とってもとても衛兵さワイロどして払うおカネも無ぇ。一千万ダラコを手に入れるためには、何があっても下の旧街道さ出ねばまいねんだ。この意味がわがるが？」

わがるが？　と問われて、しばらく言葉の意味を考えたが、オーリンの懸念はわからなかった。

正直に首を振ると、オーリンは物々しい口調で言った。

「わがんねが。王国道四号線にタダで出るっつうごどはよ、まずはあのウェノ旧市街のパンダだば越えて行がねばまいねってごどだ」

　一瞬、何を言われているのかわからず、レジーナはぽかんとしてしまった。

　ウェノのパンダ――その一言がゆっくりと頭に染み込んで来た途端、全身に震えが走った。

「う、ウェノのパンダ――⁉」

「んだ。ウェノのパンダと言えば、王都最悪の害獣だ。今はウェノの旧市街自体がパンダに支配されでまってるべ。あそごを突破するのは容易なごどでねぇど」

　そう、パンダ。それは王国有数の巨大街道、王国道四号線の起点となる街・ウェノを象徴する存在だ。

　パンダはその昔、見世物として遥か異大陸から連れてこられてきた獣であったそうなのだが、いつぞや人間の管理下を脱走してからはウェノ周辺に住み着き、しょっちゅう街に降りてくるようになったと聞く。異国のこの地の空気が肌に合ったのか、彼らはこの地で逞しく生を紡ぎ続け、今ではすっかりウェノ特有の害獣として定着してしまったのである。

　増え続けるパンダの旺盛な繁殖力を前に、王家が旧市街の放置を決め、魔法結界を張り、旧市街区の中にパンダたちを封じ込めたのが約二十年前——それからウェノ旧市街区は「ウェノ動物園」と呼ばれ、もはや内部がどうなっているかもわからない魔窟として王都っ子たちに恐れられているのだった。

しかし——そんな物々しいオーリンの説明とは裏腹に、レジーナは黄色い声を発した。

「と、ということは！　ウェノのパンダを見れる、ってことですよね！　やったぁ！」

はぁ？　とオーリンは驚いたようにレジーナを見た。レジーナは快哉を叫んで小躍りした。

「私、パンダを見るのが小さい頃からの夢だったんです！　噂に聞けば凄く可愛い動物だって聞いてますから！　こう白と黒の色で、モコモコで！　歩くぬいぐるみみたいな外見をしてるって聞いてますよ！」

何だか呆気にとられているオーリンを無視して、レジーナはきゃあきゃあと騒ぎ立てた。

ウェノの旧市街区が封鎖されてからというもの、パンダといえば伝説的に可愛らしい生物であると噂されていた。そりゃあ見世物として他国から連れてこられたならばそれなりに可愛い見た目をしているのだろうし、叶うことならレジーナも一度はお目にかかってみたいと思っていたのである。

「噂によると、パンダって笹を食べるんですよね⁉　動物なのに不思議！　旧市街区に出るのは怖いですけど、パンダをたっぷり堪能してから旅が始まるって悪くないですね！

うわぁ、楽しみだなぁ、ウェノのパンダを見れるなんて……！」

そこまで言った時だった。フッ、とオーリンが失笑する声が聞こえ、レジーナは横を見た。オーリンは何だか憐れむかのような視線をレジーナからそらし、高い空を眺めながらぽつりと言った。

「──まぁ、その話が本当だったらいいんだげどの。噂は噂だべ。あんまし期待しねぇ方がいいんでねが」

その声に、おや？　とレジーナは思った。オーリンのこの表情は──？　まるでレジーナの今言ったことがまるきり事実と違うと主張するかのような言動である。思わず何か間違った話をしたのかと訊ねようかと思ったが、オーリンはそれきり無言になってしまい、レジーナもその機会を逸してしまった。

黙々と、王都郊外に向かって三十分も歩くと、徐々に街の喧騒が遠くなった。

同時に、白く輝いていた街が何だかくすんだように黒ずみ始め、地面にもゴミや木っ端の類が増え始める。王都は基本的に、中心に近づけば近づくほど治安も衛生状態も保たれている。王都に満ち満ちる理性や秩序が、中央から離れるにつれて薄くなっている証拠だった。

周囲に見える建物も、放棄されたまま崩れかけている廃屋が増え始めた。着実に着実に、レジーナたちは放棄されたウェノ旧市街区に近づき始めていた。

「さぁ、こいがウェノを隔てる結界だじゃ」

と――その時。オーリンが地面に描かれた魔法陣を見て言った。足下には封印の意味が込められている魔法陣がいくつも描かれ、石畳の上を「こちら側」と「あちら側」に隔てている。これを踏み越えたら、そこはパンダたちがひしめくウェノの旧市街区だ。オーリンとレジーナは顔を見合わせて頷き合い、覚悟とともに魔法陣を跨いだ。

しばらく、緊張とともにウェノの旧市街区を歩いたが――待てども待てども何も起こりはしなかった。放棄されて二十年、街は王都の一部とは思えない不気味な静謐の中に沈み、物音といえば廃屋の間を時折吹き抜ける風の音と、自分たちの足音だけだ。

「なんか、拍子抜けですね……もっと危険な場所なのかと思ってましたけど……」

「んだども、どっからパンダが襲いかかってくっかわがんねど。気ば引ぎ締めろや」

オーリンの、あくまで警戒を緩めない声と表情に、なんだかなぁ、とレジーナは考えた。自分はむしろそのパンダとやらを見てみたいのに。いくら物見高い王都っ子と言えど、パンダを実際に見たなんて人は限りなくゼロに近いはずだ。もしここでレジーナが実際にパンダを拝むことができたなら、間違いなく自慢話の種になるはずだった。

妙に静かなウェノ旧市街区の石畳を歩きながら、レジーナは密かに祈った。お願い、遠くからでいい、ウェノのパンダを見せて――！

しばらくそう念じながら歩くと――オーリンがはたと足を止めた。

「ん……こっつの道で合ってんだがな？　新街道の入り口があっつだがら、あっち……？　いや、そっちなんだがな……」

オーリンが困惑した表情できょろきょろと辺りを窺（うかが）った。先輩冒険者として頼もしいオーリンだが、どうにもこういう都会を散策するのは得意ではないらしい。とはいえ、方角の見当がつかなくなってしまったのはレジーナも同じだった。放棄されて久しいウェノの旧市街区の看板はほとんどが朽ちてしまっており、どの道を行けばいいのかわからなくなってしまった。

「困りましたね……地図にも旧市街区は載ってないし……」

「旧市街区は広いがらな……ウロウロしても疲（おだ）るだげだ。せめで方角だげでも見当がつけばいいんだどもよ……」

二人で困っていた、その時だった。じゃりっ、という足音が目の前で聞こえ、レジーナは顔を上げた。

見ると——こちらに背を向け、道を歩いていく人影が見えた。その人物は何だか頼りない足取りでフラフラと頭を揺らしながら、こちらに気づいた様子もなくどこかへと走ってゆく。

「あ！　ちょうどいい、人がいました！」

レジーナが言うと、オーリンがハッと顔を上げた。

「人？　どこに？」

「ほらあそこ！　ちょっと道を訊いてきます！　先輩は待っててください！」

「あ、おい、レズーナ！　ちょっと待で！」

「おーい、すみません！　道をお尋ねしたいんですけど……！」

レジーナがその人物に駆け寄り、その背中に大声を浴びせた途端。ぴたり、とその人物が足を止めた。

「あの、私たち今から王国道四号線の旧入り口に出るつもりなんですけど、どこの道を行ったら……」

そこまで言いかけた時だった。

ゆっくりと……その人物が振り返った。

瞬間、レジーナは異様な恐怖に震えた。


なんだ、これは。


振り返ったその人物、否、「それ」は——人間ではなかった。

まるで陽の光を知らないというように真っ白な肌。

がっくりと落ち窪んだ眼窩を縁取る、真っ黒な隈。

白と黒の奇妙なまだら模様の皮膚。

瞳孔がなく、真っ黄色に濁った目玉。

そして半開きになった口から絶えず滴る涎――。


「レズーナ、逃げろ！　そいづがウェノのパンダだ!!」


その絶叫がなかったら、レジーナはその場で腰を抜かしていただろう。

これが――ウェノのパンダ？

歩くぬいぐるみでも、愛らしい獣でも、なんでもない。

目の周りが真っ黒に黒ずんでいるだけの――生ける屍じゃないか。

「捕まったら食われんど！　逃げろォ！」

食われる。その言葉が耳に聞こえた途端、異様な恐怖と戦慄に支配されていた全身に力が戻り、一瞬の後、レジーナは「それ」から全力で逃走を開始した。

「シャアアアアア!!」

同時にパンダが奇妙な絶叫を上げ、頭をガクガク揺らしながら、逃げるレジーナを奇っ怪な動作で猛追し始めた。ちらと振り返った先で――数多のパンダたちがわらわらと旧市街区の廃屋から這い出し、こちらに向かって駆け出してきているのを見て、レジーナの頭から血の気が引いた。

「それそれ来たど、ウェノのパンダだ！　レズーナ、死にでぐねば死ぬ気で走れァ!!」

　レジーナは生まれて初めて感じる戦慄に全身を貫かれながら、オーリンの背中を追って走り出した。がくがくと恐怖に震えながら、レジーナは思わず叫んだ。

「せ、先輩！　あれがパンダなんですか⁉　嘘でしょう⁉　嘘ですよね⁉」

「それ以外に何がいるってや！　この街ば封鎖されでんだど！　パンダ以外の生ぎ物がいるわげねぇべや！」

「だって――だって！　おかしいですよ！　あんなの、あんなの全然可愛くない……！」

　恐怖ではなく、抱いていたパンダへの幻想がぶち壊された失望で半泣きになりながら、レジーナは必死に抗弁した。

「パンダ、パンダって、噂では黒と白のモコモコで、歩くぬいぐるみみたいに可愛いって……！」

「黒と白は間違ってねがったべ！　それにモコモコど湧いできでるし！　とどめにパンダずのは歩くぬいぐるみでばねぇ！　歩く死体だ！」

「いやああああ！　全然！　全然事実と違うじゃないですか！　どうして、どうしてこんなことに――！」

「知らねでぁ！　パンダなど見だごどもねぇ王都の人間が適当こいでらったんだべ！　と

にかぐ走れ！　あいづらに捕まったら八つ裂きにされんど！」

　オーリンが叫んだその瞬間だった。目の前の廃屋から多数の白黒模様が這い出してきて、レジーナの全身の血が凍った。

　新たなパンダたちだ！　うわっ、とたたらを踏んで急制動をかけたオーリンが、咄嗟(とっさ)に近くにあった狭い小路に逃げ込んだ。その背後から、十数匹のパンダの大集団が追い縋(すが)ってくる。

「せっ、先輩！　どこ走ってるかわかってるんですか⁉」

「わがるわげねぇべ！　とっ、とにがく逃げねぇばよ！　あんたに湧いでこられれば二、三匹潰すたどころでキリがねぇ！　とにがく走れァ！」

　明らかに震えている声でそう言われれば、従う他なかった。レジーナたちは小路を抜け、広い通りに差し掛かった。そのままその通りを駆け抜けようとしたところで、前方から十数匹のパンダたちが走ってくるのが見えた。

「こっちはもうダメです……！　あっちに逃げないと……！」

　焦燥とともにレジーナが振り返った、その先。

　苔生(こけむ)し、落ち葉やゴミが散乱した石畳の先で、街が途切れて藪(やぶ)になり——王都郊外の草原地帯へと延びる広い広い道が見えた。

　アレだ！　レジーナは咄嗟に大声を上げた。

「せ、先輩！　アレです！　アレがきっと旧王国道四号線の入り口です！」

　はっ、と、オーリンが顔を上げ、レジーナの視線の先を見た。あれが、と動いた口が閉じ終わらないうちに、オーリンの視線が左右を素早く探り、左右から迫り来るパンダたちを捉えて駆け出した。

「よし、王国道四号線さ走れァ!!」

　その一喝とともに、レジーナも全速力で駆け出した。その間にも、廃屋の陰から這い出してくるパンダは数を増し、その走り方の奇妙さには似つかわしくない、凄まじい速度で追いかけてくる。

　はっ、はっ……！　という自分の呼吸音をうるさく思いながら、レジーナは人生で一番必死に走った。

　ここでソーセージよろしく、この化け物どもに食い裂かれるわけにはいかない。

　旅はまだ始まったばかり、否、始まってすらいないのだ。

　まだ冒険の舞台にも立っていない今、死ぬわけには絶対にいかない——！

　永遠にも思われた王国道四号線までの距離が少しずつ縮まり、あと少しという位置まで来た。

　ここまで来れば——！　レジーナがそう思った瞬間だった。走り通しの膝が、かくん、と笑い、重心が崩れた。

「あ――!?」

　ヤバい、と思った瞬間にはもう遅かった。レジーナはもんどり打って地面を転がった。強かに石畳に打ち付けた痛みに呻く暇もなく手をついて立ち上がり、ようよう顔を上げた先。

　自分のすぐ背後に一匹のパンダが迫っているのを見て――レジーナの背筋が凍った。

「レズーナ――！」

　オーリンが悲鳴を上げたのと、パンダが涎を撒き散らしながら咆哮したのは同時だった。

　逃げねば、という必死の思いとは裏腹に、全身は萎えたままだった。まるで生きることを諦めてしまったかのように、筋の一本も言うことを聞かない。

　食われる――しかも子供の頃からずっと憧れ続けていた、その存在に。

　あまりの恐怖に閉じることのできなくなった目から、一筋の涙が流れ落ちた、その瞬間――。


　パンダが、猛烈な勢いでレジーナの横を通り過ぎた。


「え――？」

　レジーナだけでなく、オーリンですら、思わず呆気にとられた声を発した。

数十匹の集団に膨れ上がっていたパンダたちは、呆然と固まっているオーリンとレジーナをまるきり無視し——その背後、青々と藪が生い茂る広大な竹やぶに殺到していった。

ぽかん、とその様を見ていると、パンダたちは瞳孔のない目玉できょろきょろと青竹を物色し、生気がまるでない手と指で器用に竹を折り取ると、あろうことかむしゃむしゃと美味そうに笹の葉を咀嚼し始めた。

ぎょっ——!? と目を見張ると、パンダたちがまるで人間のように顔を見合わせ、ウェハハハハ、などと奇妙な声とともに体を揺すった。

笑っている——どう見ても大勢で食事を楽しんでいるとしか思えないその光景に、レジーナたちはしばらく何も言うことができなかった。

「パンダは……パンダは、笹を食べるって……」

ぽつり、とレジーナが言うと、オーリンがゆっくりとこちらを見た。

「……噂は、その噂だけは、本当だったんだ……」

思わず、すとんと腰が抜け、レジーナは石畳の上に座り込んだ。

おそらくはひょうきん者なのであろう一部個体などは地面に寝転がりながら笹を貪り食い、パンダたちの間にはなんだか和気藹々としたムードすら漂い始めていた。

「な、なんだがさ、随分楽しそうだね……」

モリモリと笹を食べるパンダたちを見て、オーリンがそう呟く。確かに、笹を貪り食いいながら尻などをボリボリ掻き毟っているパンダたちの顔には、もう攻撃性の欠片もなかった。

妙に人間臭いといえるその所作を見ていると、何だかレジーナの方も奇妙な気持ちになってきた。

大昔、異国から見世物として連れてこられたという珍獣・パンダ。当時のウェノの人たちも、こうして平和に笹を食べているパンダたちを楽しく観察していたのだろうか。

まぁ確かに、このパンダたち、見た目は恐ろしいが、こうして見ると案外、案外――。

いや――可愛くない。

絶対に、目の前のパンダは可愛くなかった。

顔を上げ続ける力もなく、レジーナは抱えた膝頭に頭を埋めた。

「もう最悪……小さな頃からずっと憧れだったのに、これがパンダ……」

ぐすっ、と鼻を鳴らして落ち込んでしまったレジーナに、オーリンは遠慮がちに肩に触れてきた。

「ま、まぁ、全部が全部嘘でねくてよがったねが。それにこうすて見るど案外可愛いがもわがんねぇびの。ホレ見ろあいづ、あんたに笹ば食って……」

「可愛くない！　絶対可愛くないです！　ああ、パンダ、私の憧れが……！」

「ま、まぁまぁ、こいがら東と北の間の辺境ば旅すてらば、もっともっと可愛い動物ばいるがもわがんねぇばってな。元気出へ、な？」

可愛い動物。その言葉にやっと少しだけ元気づけられたレジーナは、なんとか気力を振り絞って立ち上がった。最後にもう一度だけ笹を食べているパンダたちを振り返ったレジーナは、ハァ、とため息をつき、何やかやで辿り着いてしまった旧王国道四号線の入り口を見据えた。

その時、さっ――と吹いてきた風が、目の前に広がる広大な草原に吹き渡った。

ここが、これから私たちが旅する東と北の辺境。

そう考えると、レジーナの胸にふつふつと未知への希望が湧いてきて、ガッカリ感に埋められた胸にも、ようやっとやる気のようなものが満ち溢れてきた。

「まぁ……こんなので落ち込んでも仕方がないですね……」

フゥ、とため息をつき、気持ちを切り替える。

そう、自分たちの旅は、これから始まるのだ。

初っ端から落ち込んでなどいられないではないか。

「行きましょうか、先輩、ワサオ。ズンダー大公領へ！」

「あいさ！　こっからベニーランドまでは長ぇど。一番近ぇ街はカスカ・Bのオアシスだな。一度通ったけんど、物凄い荒野だぜ。覚悟しねばまいねど、レズーナ」

「か、カスカ・ベー……！　噂に聞く《賽の国》、ですか⁉」

「ああ。カスカ・ベーの荒野は滅茶苦茶広い。常に嵐を呼ぶんだど――」

レジーナたちはやっとのことで王都を脱し、数多の未知が潜む陸奥の旅へと足を踏み出した。


しかし、この時点でレジーナはまだ予想していなかった。

この天と地との間には、ウェノのパンダなど足元にも及ばない、凄まじい危険生物たちが猖獗を極めているという事実を。

第六話　ナポ・マダ・デッタラダ（なんと巨大なのだろう）

「ねぇそこのお姉さん、コケシ買わない？」

レジーナは努めて無視を決め込んだ。そのうち、野太いおばさんの声がどんどん近づいてきていた。

「コケシだよコケシ。ズンダー領に来たらコケシ買わないと。お土産の定番なんだよ」

それでも無視していると、遂に何か丸くすべらかなものが頰にぐいぐいと押し付けられ始めた。それでもレジーナは意地を張ってそちらの方を見なかった。

「ここのコケシは他のコケシとちょっと違っててねぇ、ヤジローコケシって呼ぶんだよ。特徴がね、このベレー帽みたいな髪型なの。オシャレでしょう？　ホラホラ見て」

ぐいぐいぐいぐい、と、徐々に頰に感じる圧力は高まってきていた。それと比例して、この半月の旅で疲れが溜まっているレジーナの怒りのボルテージも高まってきていた。

「もちろん置物として飾ってもいいし、子供の玩具にもぴったりなんだよ。肩が凝った時はマッサージ器具にもなるし、最近ではいざという時の護身具として買ってく人もいるんだよ。それにねこのボタンを押すと……ほらね？　目玉が光って綺麗……」

「要りませんッ!!」

苛立ちが遂に爆発し、レジーナは横にいたどでかいおばさんを怒鳴りつけた。あらやだ、とおばさんは少しびっくりしたような顔でレジーナを見た。

「もうコケシコケシってさっきから何回も何回も何回も何回も言われてますんで！　ハッキリ言っときますけど私の人生にそんな数のコケシは要りません！　他を当たってくださいッ！」

レジーナの剣幕に目をパチクリとさせたおばさんは――しかし想像を絶して図太かった。一瞬でレジーナへの興味を失ったらしいおばさんは、「それならそこのお兄さん……」と今度はオーリンに話しかけ始めた。

「そこの顔が綺麗なお兄さん。お兄さんはコケシ要るだろう？　お土産にさ、どうだい？ヤジローコケシ。首を持って捻るとキュッキュッて音が鳴って楽しいんだよ？」

「いや、遠慮するばってな。なもそすたらさコケシば買っても使い道もねぇばっての。他ば当だってけで。俺は急ぐんでの、へば」

オーリンが高速で訛り言葉を発すると、おばさんの顔に「？」が幾つも浮かんだ。その隙を見逃さず、オーリンとレジーナはどでかいおばさんの横を早足で過ぎた。

「……先輩が訛っててくれたおかげで上手く撒けましたね」

「ああ、俺も今初めて訛ってで良がったなって思らさったで」

「今度からコケシのお断りは先輩にお任せします」

「ああ、任へでもらった方が早ぐ済むべな」

王都を発って半月あまり。

とぼとぼ、と、この半月で随分底が磨り減ったような気がする靴を引きずりながら、レジーナたちは王国道四号線を歩いていた。

国内有数の秘境地帯であったグンマーを死ぬような思いで越え、歩き通しに歩き通して、レジーナたちは艱難辛苦の果てにやっとズンダー大公領に入ることができた。

途中、これが王国街道であるとはとても思えないほど荒廃していた道にも、徐々に人や馬車の行き来も増えてきて、食事処や屋台の類も着実に数を増してきた。

やっと久しぶりに人口密集地帯に入れそうだ……レジーナはこの半月あまりの苦難の行軍を思って、ようやく一息がつける気分を味わっていた。

「それにしても、私たちよく死にませんでしたね……」

なんだか、寝ても寝ても取れない疲れを重く感じながら、レジーナは思わず呟いた。その声に、オーリンも「んだなぁ……」と感慨深げに頷いた。

「グンマーのお山の中で雪男さ会った時ぁびっくりしたばてなぁ。まさがあさな怪物ではいるど思ってながったもな」

「そうですね……アレは驚いた……。しかも言葉を【通訳】してみたら意外に心が通じたのが驚きですね」

「顔でば怖かったども存外イイやつであったな」

「もう彼には足向けて寝られませんねぇ。彼がいなかったら私たち、間違いなくあのまま雪に埋もれて凍死してましたから」

『賽の国』と呼ばれる荒野地帯であったカスカ・Bを踏破したレジーナたちは、そのまま王国道四号線を真っ直ぐ北上し、次なる人口密集地帯であるトツィギを目指す予定であった。だがどこでどう道取りを間違えたものか、レジーナたちは知らず知らずのうちにトツィギの西――国内でも危険な山岳地帯である秘境・グンマーに迷い込んでしまったのである。

　最初のうちこそ、道を間違ったら間違ったなりに、温泉に浸かったり、名物であるという粉ものを食べたりして、道中を楽しんでいたのだが――いざ一歩山岳地帯に踏み込むと、そこはもはや人間の住む世界ではなかった。

　どこを見渡しても、雪、岩、氷――山中を二日も彷徨い、体力を消耗し、あわや凍死しかけたところで、レジーナたちは近くに住んでいるという雪男に救われることになったのである。

　あの時、彼が住まいを為している洞穴の中で食事をご馳走になった時の感覚。それは空腹を癒やすというよりは傷口に薬を塗り込むような感覚であり、その食事で気力と体力とを取り戻したレジーナとオーリンは、明くる日には雪男に篤くお礼をし、別れ難く何度も何度も振り返りながらグンマーの山中を後にしたのだった。

「んだんだ。あいづの巣穴で温かいご飯食わせてもらっだ時ぁ俺、涙もちょちょぎれだど」

「あんな美味しいご飯はなかったですよホント。死ぬ前にまた食べたいなぁソースカツ丼……」

ハァ、と、あの甘酸っぱいソースの味を思い出しながらレジーナはため息をついた。何の肉を使っていたかは別にして、とりあえず温かい料理を食べた時の、あの感動と喜びと言ったら――。あの時カツの切れ端をもらい、尻尾を千切れんばかりに振っていたワサオも、ワフッ、と同意するかのように短く吠えて遠い目をした。

「まぁ、昔話もこれぐらいにすべぇ。このシロイシの宿場町ば越えれば、ベニーランドは目ど鼻の先だ。いよいよ一千万ダラコさ王手だど、気ィば引ぎ締めろや」

オーリンが若干固くなった声で言い、レジーナは頷いた。

この道中で今のところ、ワサオと同じように、人口密集地帯で大暴れした魔獣の話は聞いていない。もしかしたらワサオにかけられた呪い自体、ズンダー大公家を騙った単なるイタズラであった可能性も出てきた。

だが、全ての真相はズンダー大公の支配するベニーランドに着いてみなければわからない。それに一千万ダラコのクエスト内容も、手配書ではぼかされたままで、一体どんなクエストなのかもわからないままだ。

全ての答え合わせが済むのはベニーランドに入ってから、気を抜けないぞ——そう気持ちを引き締めた途端だった。引き締めた心とは裏腹に腹の皮が緩み、ぐう、と、気の抜けた音がレジーナから発した。

あっ、と思ったが拾いに行くわけにもいかず、耳ざとくそれを聞きつけたオーリンが呆(あき)れ顔でレジーナを見た。

「……レズーナ」

「しっ、仕方がないじゃないですか！　だって今日だって朝から何も食べてないし……！」

「はぁ、まぁ確(たす)かになぁ——」

赤面しながらのレジーナの言い訳に、オーリンも何度か頷いた。この旅は山間部などに入れば食うや食わずが当たり前だったこともあり、目的地を前にしたら目的意識よりも食欲の方が勝ってしまう。オーリンもそれは同じらしく、腹に伺いを立てるかのようにローブの腹の辺りを触った。

「仕方(すかだ)ねぇ、まだ昼にはちょっと早(はえ)ぇども、温麺(うーめん)でも食ってぐが」

「ウーメン？」

「ここらの名物さ。うどんの短(みじけ)ぇやづみでぇな麺を使った料理で、心も身体も温かく(ぬげぐ)なるど」

「わぁ、それいいですね！　さぁさ先輩、早速店に入りましょうよ！」

レジーナがは嬉々として、道の両側でうるさく人を呼び込んでいる飯屋の一軒に駆け寄った。店の入り口には『名物シロイシ温麺』と大きく書かれた幟が立っている。レジーナは店先に立っていた店の呼び込みに声をかけた。

「あの、私たち二人と一匹なんですけど……！」

◆

「このコケシはちょっと他にはないと思うよ。何と言っても樹齢千年の御神木から切り出したありがたーいコケシなんだ。ホラ見て！　これを飾ってるだけで家の中に悪いものは入ってこないよ！　どうだい、お安くしとくぜ！　もし手持ちがないってんならローンもあるぞ！」

「そんな高いだけのコケシなんておよしよ！　ほらこっちのコケシの方がいいよ！　これはほら、ここをひねると懐中電灯になるんだ！　これで夜のお散歩も快適だし災害時にも役に立つよ！　悪いこと言わないから買っていきな、ね！」

ぐいぐいぐいぐい、と、親爺とおばさんによって両頬にコケシを押し付けられながら、レジーナはすっかりと解消された空腹を満足に思いながら腹を擦っていた。ここらのコケシ売りは人の顔にコケシを押し付けないと気が済まないのだろうか、などと頭の片隅で考えながら、レジーナはオーリンに目配せした。

「ややや、めやぐだども要らねぇ。他ば当だってけで。へばな」

そう言った途端、親爺の顔にもおばさんの顔にも「？」が幾つも乱舞した。その隙を逃さず、オーリンとレジーナは足早に親爺の前を通り過ぎる。もう何度繰り返したかわからないやり取りであった。

「……結構美味しかったですね、シロイシ温麵」

「あぁ、久しぶりに人の手の入ったモノば食ったような気がするでぁ。そいどレズーナ、そろそろベニーランドさ入るでぁ。見ろじゃ、あそごにある像の足元の辺りがベニーランドだ」

オーリンが虚空を顎でしゃくり、レジーナはその先を見た。

見た先に、白く輝く巨大な何かが、点在する山や丘陵の上に頭を出していた。

あれは――よく見れば女性の顔だ。しかもその姿形はレジーナもよく知っている、この世界を創造したといわれる、創造の女神を象った像だ。

だが、それが立っている場所から相当遠いと思われるここから見ても、その巨大さは既に大きく見える。一体あれはなんなのだ、とオーリンを見ると、オーリンがその巨大さに呆れたような口調で説明した。

「あれが百万都市ベニーランドの象徴、創造の女神像だ。ベニーランドの繁栄と平和を見守る白亜の女神像――あれが見えでくるどいよいよベニーランドが近いってごどだな」

「像なのはわかりますけど、な、なんか滅茶苦茶デカくないですか……？　こんな遠くからでも見えるなんて……」

「ああ、たどえ百キロ先の街にいてもあの女神様は見えるらすぃ。しかもベニーランドに何かあったどきってばな、動くらすぃど、あの女神様」

「動く……」

「んだ。たまに立ってるのに疲れだり、地震とがあったどぎは、近くのビルさ手ぇつぐんだって聞いだごどあるな」

　半分冗談、という声ではあったけれども、あれだけ巨大だとそれは却って真実味のある言葉に聞こえてしまう。確かにあの女神様像は、なにか有事の際にはおもむろに動き出してどこかへ歩いていきそうに見える。それほどに造形がリアルで、しかも現実離れして巨大なのだった。思わずレジーナはオーリンと顔を見合わせて笑ってしまった。

　と――その時。

　レジーナはふと、何かを踏んだ感触を覚えた。

　ん？　と足元を見てみると、焦げた炭屑である。なんとなしに足の裏で転がしてみると、炭屑が崩れて石畳に黒い尾を引いた。

炭屋が落としたのかな？　と思った時、ふわりと風が吹いて、煙の臭いがした。

反射的に風上を見ると、レジーナのすぐ横、一軒の家屋が真っ黒焦げになっている。火事だとはわかったが、それにしても何だか妙だ。レジーナはシロイシの宿場町を見渡した。

いくらなんでも――燃え落ちた家が多いのではないだろうか。王国道四号線の両側に作られたシロイシの宿場町は、まるで櫛(くし)の歯が欠けるかの如く、数軒置きに燃えたり、崩れたりしている。一箇所から火が出て周りに延焼したのならともかく、一列に並んだ家屋がこんな器用な焼け方をするものだろうか。それに妙なのはあのぐちゃぐちゃに破壊された家の成れの果てだ。どう考えても火事でそうなったわけではない。まるで恐竜かなにかがやってきて踏み潰したかのような壊れ方で……。

「おおっ、足軽まんじゅうば売ってらでぁ！」

レジーナの懸念は、オーリンの大声に打ち切られた。レジーナが顔を上げると、目の前には美味(うま)そうなまんじゅうが幾つも並べられた、老舗(しにせ)感のある荘厳な構えの和菓子屋が立っていた。

「足軽まんじゅう？」

「懐かすぃなぁ。アオモリがら出はってきた時(どき)に食(か)わせて(へで)もらってったんだ。とても(のれ)甘いんだど！　コケシは要らねぇどもまんじゅうだばおやつ(こびる)さばいいべ！　レズーナ、俺(わ)どワサオの分ば買ってきてけろ！」

なるほど、まんじゅうならコケシと違ってかさばらないし、疲れも取れる。わかりましたと笑顔で頷いたレジーナは、早速まんじゅう屋に駆け寄り、店の中から呼び込みをしていた親爺に話しかけた。

「あの、おじさん！　足軽まんじゅうを二人と一匹分……！」

と、その時だった。

バサッ、と、何か一枚布を鋭くはためかせたような音が頭上から降ってきて、一瞬、日光が陰った気がした。

途端に、呼び込みの声がピタリと止まり、レジーナの目の前でまんじゅう屋のドアがピシャリと閉められた。

え……？　と驚いていると、今まで賑やかだった街道の喧騒が吸い込まれるようにして止み、立ち並んだ店屋が次々と入り口を閉ざし始めた。宿場を行き交う人々も不審そうに立ち止まり、突然空気が豹変した街は異様な雰囲気に包まれた。

「ん？　なんだべ――？」

オーリンが不審そうに顔をしかめた、その途端。バサッ、と、先程の音が空に発し、レジーナも釣られるようにして空を見上げた。

王都よりも少し澄んで見える青い空を——巨大な黒い影が横切った。

鳥だろうか、と目を凝らしてから、それにしては少々大きすぎると思った。

一体アレはなんだろう……？　その姿を目で追ったレジーナは、「それ」がゆっくりと虚空に輪を描き、地上に向かって降下してくるところを見た。

鳥——では、やはりなかった。

「それ」はまるで小山のような体躯で——鳥というよりもコウモリを思わせる羽を、ばさり、ばさりと上下に動かしている。まるで全身が鉄でできているかのような真っ黒な体表はゴツゴツとした鱗に覆われ、その厳つい顔面にはにょっきりと二本の角が生えているのがわかる。そして極めつきは、血のように赤い「それ」の右目を覆う、無骨な鐵の眼帯——。

あれは、あれはまさか。

細部を確認するごとに、有り得ない事態が起こっているという現実がゆっくりと頭に染み込んでくる。

驚きが明確な恐怖に変わりつつあった、その瞬間。

レジーナの頭の中に嗄れた大音声が響き渡った。

【吼えよ、翔けよ、そして地上にあまねく知ろしめよ。人間どもに贖いの流血を、至上の

罰を——！】

そう【翻訳】された言葉が行き去らぬうちに、「それ」は真っ赤な口腔を広げて咆哮した。磨りガラスを軋ませたような、耳を劈く絶叫が辺りをビリビリと震わせ、その場に立ち止まっていた旅人たちが肝を潰したように逃げ惑い始めた。

「な、なんだやあいづは⁉」

オーリンが驚いたように声を発し、レジーナはその巨大な影を目で追いながら、呆然と立ち尽くした。

そう、それはレジーナが生まれて初めて見る魔獣の姿だった。

この地上における生態系の頂点に君臨する生物。

古来、その来訪そのものが「天災」と称されたという凶獣。

現代ではその実在すら疑われ、半ば空想上の生物であると信じられてさえいる、伝説の魔獣——。

《空飛ぶ厄災》——飛竜。

今の今まで空想上の生物であるとレジーナが信じて疑っていなかった怪物が——。

あろうことか、土埃を巻き上げてレジーナの目の前に降り立っていた。

◆

ドラゴンの縦に裂けた瞳孔を見て――レジーナは盛大に混乱していた。

嘘、なんで？　なんでドラゴンなんかが降りてくるの？　というよりも、この世にドラゴンって実在するの――？

確かに、この世界にはドラゴンに纏わる話や物語は多い。聖なる力を持った騎士が悪いドラゴンを退治しただの、暗黒の力を持つ魔導師がドラゴンを使役して火の雨を降らせただの、そんな話の数々を挙げ始めたら枚挙に遑がない。だがそれは創作であったり、単なるお伽噺であるはずだ。そんなことが現実に起こりうるとは、レジーナ自身も思っていなかったし、この世の大半の人間がそうだろう。

だが――目の前の光景を必死に否定しているレジーナの前で、ドラゴンは鱗に覆われた巨大な身体をくねらせ、ぐい、とレジーナに鼻先を突きつけた。生臭い息が顔中に吹きかかったと思った次の瞬間、ドラゴンの顎が開き、真っ赤な口腔が裂けるように広がった。

コォォ……というドラゴンの吐息が灼熱を帯び、そこからちろちろと火花が散ったのが見えた。

逃げなければ。頭の中にけたたましく鳴り響く警報音とは裏腹に、レジーナの脚は竦んだままで、全身の筋肉に力が入らない。ドラゴンの巨大な目に射竦められた瞬間――既に自分の身体は全力で生きる希望を放棄していたのかもしれなかった。

「【超加速(グーグ・ド)】ッ！」

そんな声が聞こえたと思ったのと同時に、何かが凄(すさ)まじい速度でぶつかってきたのがわかった。横腹から身体を突き抜けた衝撃に、はっとレジーナが我に返った瞬間――ドラゴンの口腔から物凄(ものすご)い勢いで火炎が放射された。

途端に、視界全部がオレンジ色に染め上げられ、ビリビリと肌を焼くドラゴンの炎に目玉の表面の水分すら蒸発し、レジーナは悲鳴を上げた。

なんて炎――！　これがドラゴン。地上の生態系の頂点に君臨する生物の攻撃。その猛威を目の当たりにしたレジーナが息を呑(の)んだ瞬間、頬(ほお)を平手で叩(たた)かれて怒鳴られた。

「何ボーッとしてんだっ、レズーナ！　あと少しのどごで丸焼(わんつか)げだったどっ!!」

目の焦点を苦労して合わせて――やっとレジーナはオーリンに横抱きに抱えられていることに気がついた。それと同時に、これが白昼夢などではなく、現実であるという理解が徐々に徐々に追いついてきた。

「せ、先輩……!?」

「どうしたってな、レズーナ！　しゃきっとすろっつの！　ぼーっとすてれば今度ごそオソレザン行きだどっ！」

がくがくと頭と身体を揺さぶられて、ようやく冒険者としての意識が戻ってきた。

とにかく、とんでもない大ピンチが空から降ってきたことだけは間違いない。オーリンは焦燥を露にしながらドラゴンを見た。

「参った……何故ドラゴンなんぞがこったどごさいるんだってや！　しかもあんな巨大なドラゴン、トワダ湖にもいねぇど……！」

「せっ、先輩、ドラゴン見たことあるんですか……⁉」

「アオモリにはコブラもいるしゾウもいる。ドラゴンぐれぇアオモリに行けばなんぼでも捕まえられるでの。すたども、あれはなんぼなんでも規格外だでぁ……！」

確かに――目の前のドラゴンは、いくらドラゴンだと言っても限度があるような巨大さだった。翼を広げれば三十メートルにも達するのではないかと思える巨体は、馬車が数台すれ違うことができるだろう王国道四号線を、その身体だけでまるっと塞ぐ非常識さだ。

生まれてこの方ドラゴンなど見たことがない――それどころか、今の今までドラゴンなどお伽噺の世界の住人だと思っていたレジーナにはよくわからないが、とにかく目の前のドラゴンがとびきりの巨大さであることだけはなんとなく予想がついた。

ふと、焦るレジーナから視線を外して、オーリンは不審そうに辺りを見回した。

「しっかし……ここらの飯屋の連中は何故逃げねぇんだ？　びっちり戸ば締め切ってるだけだ。まるでドラゴンに襲われるのが初めてでねぇよんたな」

確かに、とレジーナも考えた。さっきドラゴンの羽音が聞こえた途端、まんじゅう屋の親爺は中に引っ込んで自分を締め出したのである。肝を潰して逃げ回っているのは何も知らないのだろう旅人や行商人だけで、ずらりと並んだ店の人間たちは屋内で息を殺し、じっとしているだけで、一人も逃げようとする者はいない。

「そっ、そうだ先輩！　あのドラゴン、ワサオと同じです！　誰かに操られてます！」

あまりの事態に忘れていた事実を告げると、はっ、とオーリンは腕の中に抱いているレジーナを見た。

「確かが？」

「ええ、あの時のワサオと全く同じことを……人間に贖いだとか、罰だとか、そんなことを言ってます！」

「なんだってな畜生、天下のドラゴンまですった簡単に操られでまるのがい……なんだがさっぱりわがんねぇども、ベニーランドは予想より滅茶苦茶どなってらすぃの……！」

その時、グルル……とドラゴンは唸り声を上げ、翼を羽ばたかせて大空へ舞い上がった。

地鳴りのような咆哮を上げながら、巨大なドラゴンは輪を描きながら高度を上げる。

「とにっがぐ、この狭さでばあいづをまるっと潰すのは無理だ！　鼻っ面ば叩でみるすかねぇ！」

焦燥を滲ませた声にそう指示されて、レジーナは目を剝いた。

「せ、先輩！　ドラゴンと戦う気ですか⁉」

「戦う気もなも、やってみるすかねぇべや！　こごらの人(ふと)をやらせるわけには――！」

そこまでオーリンが言った時だった。巨大な翼をはためかせて制動をかけ、虚空に留(とど)まったドラゴンの口が弾けるように裂けた。周囲の空気が風向きとは違う方向に動くのが伝わり、瞬間、地面に轟音(ごうおん)を発した。

ドラゴンが大音声を発したその途端、地面から天に向かって一筋の竜巻が生じた。レジーナが目を見開く間にも、竜巻はするすると真っ黒く天へ伸び上がりながら、真っ直(まっす)ぐにレジーナたちに向かってくる。

とっさに、オーリンがレジーナの身体を背後に投げ捨てた。受け身など取れるはずもなく、草地をモノ同然に転がったレジーナの目の前で、オーリンが竜巻に向かって右手を掲げた。

「【拒絶(マネ)】ッ‼」

言い終わるか終わらぬかのうちに、巨大な風の奔流が障壁に激突した。途端に凄まじいつむじ風が四方八方に飛び散り、シロイシの街道沿いの店の数軒に直撃する。石壁が砕ける音、木材が引き裂ける音が連続しても、レジーナは目を背けることも、耳を塞ぐこともできはしなかった。

不意に、防御障壁に受け止められた竜巻が忽然(こつぜん)と掻(か)き消えた。巻き上げられた土埃が収まってくると、シロイシの街道は竜巻に捲(めく)れ上げられた敷石と黒土によって惨(むご)たらしく穢(けが)されていた。

　受け止められると思っていなかったのか、ドラゴンが不服そうに唸り声を上げる。額に汗を滲ませたオーリンがそれを見上げて軽口を叩いた。

「……へっ、なんぼなんぼでっけぇったって、トワダ湖の龍神(りゅうじん)様ほどでねぇらすぃな」

　オーリンはドラゴンを睨(にら)みつけ、腹の底からの声で一喝した。

「さぁ、次はどんな手で来んのえ？　炎が？　竜巻が？　それとも隕石(いんせき)でも降らせるか、ドラゴン——！」

　その先の言葉を掻き消すかのように、ドラゴンが咆哮した。魂そのものをぶるぶると震えさせるような怒りの声がシロイシの宿場町にある全てのものを鳴動させ、根本から揺るがした。

　怒りの咆哮とともに、ドラゴンは轟音を上げて地上に舞い降りる。そのまま鉤爪(かぎづめ)を立てて四つん這(ば)いになると、土埃を巻き上げながらのしのしとオーリンに向かって進撃した。小賢(こざか)しい手など使わず、直接牙で屠(ほふ)ると決めたらしいドラゴンは、恐ろしい唸り声を上げてオーリンを睨み据えた。

　ぐわっと開かれた口に向かい、オーリンは右手を振り抜いた。

「【拒絶(マネ)】！」

即時展開された防御障壁がドラゴンの鼻先を捉え、ドラゴンが怯むような動きを見せる。

だが、それも一瞬のこと、長い首をまるで鞭のようにしならせてオーリンを真正面に捉えたドラゴンの口から、コォォ……というガスが噴出するような不気味な音が響き渡った。

まさか、この至近距離から火炎放射を――!? その想像に至ったのはオーリンも同じだったらしい。ぎょっとした表情になったオーリンが右手を振り抜いたのと、ドラゴンの口から猛烈な火炎が放射されたのはほぼ同時のことだった。

「先輩――!」

レジーナの絶叫をも蒸発させるかのように、煉獄の炎としか言いようがない光がシロイシの宿場に迸った。防御障壁に激突した火炎は瀑布の真下で傘を広げたかのように飛び散り――じゅう、と自分の髪が焦げる音がどこか遠くに聞こえた。

何秒ぐらい経過したのだろう。出し抜けに高熱が収まり、レジーナは恐る恐る顔を上げた。目の前に立ったオーリンの身体から、焦げたような臭いが立ち上っていた。至近距離で業火を受け止めた障壁がまるで炭屑のように崩れ落ちた、その次の瞬間――オーリンががっくりと膝をついた。

レジーナの頭から血の気が引いた。

「せ、先輩！ オーリン先輩っ！」

レジーナが半狂乱の声とともに駆け寄ると、ぐうっ、とオーリンが苦しげな声を上げる。

見ると、オーリンの右手が真っ赤に焼けただれ、右手の皮膚がベロリと垂れ下がっていた。

「ややや、防御が一瞬間に合わながったね……油断したでぁ」

ははは、とオーリンは自嘲するような声で笑ったが、その傷の酷さは笑い事ではなかった。オーリンの右手はロンググローブごと焦げ、その一部は真っ黒く炭化してすらいる。

傷の酷さとは裏腹に、明らかに自分を心配させまいという意図が滲んでいる軽口に、レジーナは自分の無力を呪いたくなった。

「せ、先輩、動かないでくださいね！　今、回復魔法で――！」

「いや、いい。そすた暇などねぇ。どう見てもタダでやらせてくれそうにねぇがらな」

顔を上げると、ドラゴンが再び地上に舞い降りてきていた。深手を負ったオーリンに向かって、ドラゴンは地響きを立てながらのしのしとこちらに歩み寄ってくる。

どうしよう、どうしよう――！　焦るレジーナが襲い来るドラゴンを前におろおろと慌てるレジーナに向かい、ぐわっとドラゴンが牙を剝いた。

殺られる！　ぎゅっと目を閉じて身を固くしたその時。「【拒絶】！」という声が響き渡り、即時展開した防御障壁が真正面からドラゴンの鼻先を潰した。

ゴ！　という物凄い音が発し、ドラゴンが短く悲鳴を上げた。至近距離からの一撃がよほど効いたのか、赤い瞳が一瞬、焦点を失って揺れる。

「多少手負いにすたぐれぇでツガルもんを殺れだと思うんでねぇど、この腐れドラゴンが

「――！」

ボロボロの右手をぶるぶると震わせながらも、オーリンは気力を振り絞るかのようにして呪いの言葉を吐き、ドラゴンを睨みつけた。

この深手を負っても、オーリンの目は死んでいなかった。いや、それどころか、その視線はいまだかつて見たこともないほどに鋭く、研ぎ澄まされたように光っていた。思わずあっと息を呑むほど恐ろしい凶相に覇気と闘気を漲らせ、オーリンは痛々しく傷ついた右手を盾のように構えてドラゴンと対峙する。

と――その時。

ドラゴンが弱々しい唸り声を上げ、一歩、オーリンたちから後退した。

レジーナが驚く間にも、ドラゴンはオーリンから視線を外さないまま、一歩、また一歩と後退り……その長い首がぶるりと震えたように、レジーナには見えた。

ドラゴンが威圧されている？　オーリンに？

レジーナは信じられない思いで、怯えるドラゴンと、ドラゴンを睨むオーリンとを交互に見た。

ドラゴンは生態系の頂点に立つ魔獣、地上に恐れる敵などいないはず。

だが、この黒く巨大なドラゴンは、明らかに動揺し、少しでもオーリンの眼光から遠ざかろうとしている。

一歩、また一歩と、ドラゴンがシロイシの街道を後退した時——鋭い風切り音とともに青白い閃光が走り、ドラゴンの頭を掠めた。

「大丈夫か、魔導師さん！　俺たちも援護するぞ！」

はっと声のした方を見ると、旅の冒険者風の男がこちらに向かって駆けてきていた。男の周囲に展開されている魔法陣が一層の光を帯び、次なる攻撃がドラゴンに向かって放たれる。

ぶわん、と、周囲の空気をたわませながら、ドラゴンが空へ飛び上がった。次々と殺到する光の礫をその巨体に見合わぬ機敏さで避けるうちに、今まで逃げ惑っていた旅人たちが態勢を立て直し、負傷したオーリンの周囲に集まり始める。

「ドラゴンめ！　食らえ！」

「俺たち人間を舐めるんじゃねぇ！」

「これ以上やらせるかよ！　失せろ、この野郎ッ！」

殺気立った声を上げ、旅人たちはそれぞれの得物でドラゴンを攻撃し始める。そのほとんどがドラゴンを捉えることはなかったが、威嚇の意志だけは十分に伝わる胴間声の連続に、シロイシの宿場が揺れた。

まるで蚊蜻蛉のように纏わりついてくる人間たちに、ドラゴンは明らかに苛立っていた。牙を剝き、矮小な人間たちの反抗にうんざりしたような唸り声を上げたドラゴンは、ばさりと翼を震わせると、一層高く大空へと舞い上がった。

そのまま、ドラゴンはぐるりと頭を巡らせ、進路を西に取ると、大きな羽音を立てながら大空の彼方(かなた)へ飛んでゆき、遂(つい)に山向こうに消えた。

助かった——安堵(あんど)に思わずへたり込みそうになった途端、うう、という苦悶(くもん)の声に、レジーナははっとオーリンを見た。

「先輩——！」

「どうやら……助かったらすぃの。ややや、命拾い、すた……」

それだけ言い残すと、オーリンの目から光が消えた。ずる……と全身から力が抜けるのがわかり、慌ててレジーナは崩れ落ちるオーリンの身体を抱き止めた。

「お、おいアンタ！ 大丈夫か！」

さっきの冒険者風の男がこちらに駆け寄ってきた。その声が響き渡った途端、今まで息を潜めて閉じこもっていた宿場の店の何軒かが、恐る恐るという感じで戸を開け始めた。

ここでは満足に治療もできない。次々と集まり始めた群衆に向かって、レジーナは誰にともなく叫んでいた。

「ベッドを——ベッドを貸してください！ ここじゃ治療できない！ 安全に治療できる場所を貸してください！」

「――とりあえず、先輩が眠ってた間、腕は感染症の危険がない程度までは治療できました。けれど火傷(やけど)が広範囲すぎて傷は治りきってません。しばらくは絶対安静でお願いしますよ、先輩」

右腕に替えの包帯を巻き付けながら言うと、オーリンはベッドの上できまりが悪そうな表情を浮かべ、左手でボリボリと頭を掻いた。

「ややや、申し訳(めやぐだ)なかった(った)。すっかど世話になってまったな、レズーナ……あ痛(い)でで……！」

そこでオーリンは大袈裟(おおげさ)に顔をしかめ、曲がらない右腕をかばうようにした。レジーナは「まだ起き上がるのも無理です」とオーリンの身体をベッドに押し付けた。

「それに多分、発熱はしばらく続くと思います。今夜は宿屋の人にお願いしてこなれのいいものを用意しますからしっかりと食べて。あと、水分も積極的に摂(と)ってくださいね？」

風邪を引いた子供に言い聞かせるように言うと、逆らう元気もないのか、オーリンが目を閉じて小さく頷(うなず)いた。

からくもドラゴンを退けて二日。オーリンは丸一日の長い眠りからようやく覚めていた。広範囲の火傷はまだ治りきっていないものの、いずれは完治することだろう。オーリンの年齢と体力を考えれば、とりあえず後遺症等の心配はしなくていいと思われた。

しかし……レジーナは湧き上がってくる不安な気持ちを掻き消すことがどうしてもできなかった。

あのドラゴン、無詠唱魔法を行使できるオーリンですら倒せないなんて……。基本的に物理攻撃とは比較にならない威力や射程距離を持つ魔法攻撃の即時展開。それが可能であるということ自体、既に無茶苦茶なことであるはずなのに、それが可能なオーリンですらあのドラゴンには敵わなかったのだ。流石は伝説と謳われるだけの魔獣、それだけ強いのだ——と考えて、レジーナはやんわりとその考えを否定した。

いや——根本的に、人間がドラゴンに敵うことなど有り得ないことなのかもしれなかった。伝説やお伽噺に登場するドラゴンはとにかくそれ自体がひとつの厄災であり、国を滅ぼしただの、軍団を壊滅させただの、そういう話を挙げたら枚挙に遑がない。ましてそれを討伐したという話に限れば更に少なく、人間側も多大な犠牲を払ってなんとか殺した、という話がほとんどではないだろうか。そうであるからこそ、ドラゴンを少人数、ないし単独で討伐した人間に対する『ドラゴンスレイヤー』という尊称が存在するのだ。

竜を殺すもの、ドラゴンスレイヤー——そんな大それたことが可能かどうかは別として、全ての冒険者の憧れであろう存在。その巨体に一国と同等の力を持つというドラゴンを、力ずくでねじ伏せることができる人間。あのドラゴンさえも殺すことができる人間とは、一体いかなる存在であるというのか――。

ほう、とため息をついたところで、部屋のドアがノックされた。物思いを打ち切ったレジーナが返事をすると、ぞろぞろと数人が廊下に立っていた。

そのうち、ずるりと見事に頭頂が禿(は)げ上(あ)がった男が小さく頭を下げた。

「私はこの宿場の代表をしておる者ですが――お連れ様の具合はどうですか？　意識が戻ったと聞きましたが」

「ああ、少し痛い(わんつかやめでる)ども心配(あんつごど)ねぇ――」

「少し痛むようですけど、治療はしました。危険な状態は脱していますから大丈夫です」

慌てて【通訳】すると、禿頭(とくとう)の男は小さく頷き、それから全身が萎(しぼ)んでしまうかのようなため息をついた。

「入っても？　改めてお礼をさせていただきたいのです」

「え、ええ。どうぞ」

レジーナがドアの前から退(の)くと、男は部屋の中に入ってきて、オーリンに向かって頭を下げた。

「今回はわたくしどもの危ないところを助けていただき、どうもありがとうございました。

あなた様にはお礼の申し上げようもございません」

「ややや、なんどまだ……頭ば上げでけろでぁ。なもそすたらごどばすてもらるほどのごだぁすてねぇばってな」

「そんなに感謝されるほどのことはしていない、と彼は言ってます。と、とりあえず頭を上げて……！」

「それど、礼よりも何よりも先に聞いておぎでぇごどばある。この手配書のごった」

オーリンが枕元にあった、一千万ダラコの討伐書を左手で取り上げ、ベッドの上に置いた。

「ズンダー大公家からの魔獣討伐関連の依頼——何だがさ奇妙（えばだた）な手配書だと思ってだけども、ここにある討伐対象ずのは、あのドラゴンのごどが？」

えっ？　とレジーナが背後を振り返ると、親爺（おやじ）が視線を俯（うつむ）けた。

「なるほど……単なる魔獣が相手でねぇべどは思ってだけどよ、あのドラゴンが相手ならこの金額も納得だでの。すかす、何故（なして）こった濁すような書ぎ方すたんだ？　相手がドラゴンだんだば、討伐対象はドラゴンどハッキリ書いておいだ方が良（い）がったんでないが？」

オーリンのもっともな疑問に、親爺は再びため息をついた。何かをしばし考え——親爺は首を振った。

「私たちは、あのドラゴンをただ討伐していただきたいわけではないのです。私たちズンダーの民は――あの方、マサムネ様のお怒りを鎮めることができる方を探しているのです」

「マサムネ――？」

初めて聞くような、不思議な響きの言葉だった。思わずオウム返しに問い返すと、禿頭の親爺は大きく頷いた。

「ええ。あなた方が先程退けてくださった、巨大な隻眼のドラゴン――あれが独眼竜マサムネ様です。マサムネ様は――我々ズンダーの民が守護の聖竜と崇め奉る偉大なドラゴンなのです。いや、そうだった、というべきか……」

あの化け物が守護の聖竜だと？　どういうことだとベッドの上のオーリンが親爺を目だけで見た。親爺は痛ましい口調でぼそぼそと説明した。

「マサムネ様はこの宿場の西、ザオー連峰の頂よりこの都の繁栄を見守ってこられたお方……初代ズンダー王の盟友であり、人間を愛し、この地に生きる人間を庇い護ってこられた心優しきドラゴン、それがマサムネ様です。初代王亡き後も、マサムネ様は何百年もたったお一人でこのベニーランドを守護してきた――我々ズンダーの民はあの方を守護竜として崇め、代々の暮らしを立ててきたのです」

「え――？　いや、だって」

レジーナはしどろもどろに訊ねた。

「さっき……皆さん、あのドラゴンに襲われてましたよね？　扉を閉めて、息を潜めるようにして……」

レジーナの指摘に、親爺だけでなく、廊下にいた人々までもが一斉に下を向いた。

「恥ずかしながら——その通りです。最初のお怒りは一月ほど前でしたかな。マサムネ様が突如このシロイシの宿場にやってきて、我々に襲いかかった。マサムネ様がそのようになったことは今まで一度もなかったのに……あれはまさに天の怒りでございました」

親爺はその時の光景を思い出したのか、ぶるりと身体を震わせた。

「我々が何かマサムネ様のご機嫌を損ねるようなことをしてしまったのだろうと……最初はそのように考えておりました。だがマサムネ様のお怒りは一向に鎮まらない。今やシロイシやベニーランドどころか、ズンダー全土の民がいつ飛来してくるかもわからないマサムネ様に怯えて暮らしていると聞きます」

親爺は力なく首を振った。

「我々はいまだにマサムネ様を信じている。そんなことをなさるお方ではない、あのお怒りは何か理由があってのことと信じている。信じているから、我々はただただ、そのお怒りが鎮まるのを待つしか……」

辛そうに掌で目頭を押さえた親爺の涙を見て、レジーナは息を呑んだ。先程、頑としてこの人たちが逃げなかったのはそれでか。マサムネを守護のドラゴンだと信じているから、逃げるわけでもなく、ただやり過ごすしかなかった。彼らにとってマサムネは単なるドラゴンではなく、この地を長い間守護してきた神の使い、いや、守護神そのものであるのだ。

逃げるわけでもなく、立ち向かうわけでもなく、変わり果てたマサムネの暴走を見ているしかなかった彼らの苦悩は如何なるものだっただろうか――憔悴しきっている親爺の表情を見れば、彼らがマサムネに寄せていた絶大な信頼のほどは嫌でも窺い知れた。

親爺が俯けていた顔を上げ、真っ赤になった目を手で拭った。

「とにかく、あなた様方にはお礼のしようもない。それに今回は、初めて我々人間がマサムネ様を退けることができたのです。ちゃんと立ち向かえば、倒すことは不可能でも、撃退することはできるのかもしれない。そして今回はあなた様方旅人にも被害が出た。私どももそろそろマサムネ様を諦め、戦う覚悟を決めます。かくなる上は明日、我々シロイシの民はズンダー大公家に本格的な討伐要請を出そうと思います」

「それは……！　だって、あのドラゴンは……」

「仕方がないことです。私たちの故郷は私たちが守らねばならない」

観念したような親爺の言葉に、レジーナは反論を呑み込んだ。

「この街、この大地こそが我々の家であり棺桶。この街の灯が消える時は我々も消える時なのです。いくら相手があのマサムネ様であろうとも――我々は我々の故郷が破壊されるのを黙って見ている訳にはいかないのです」

故郷。その単語が出てきた瞬間、背中に刺すような空気を感じて、レジーナはオーリンを振り返った。

殺気の主であろうオーリンはじっと天井を睨み、微動だにしない。微動だにはしないが——その黒曜石のような黒い瞳には、明確に憤りの色が滲んでいたように、レジーナには見えた。

初めて見るオーリンの怒りの表情にレジーナがまごついていると、親爺が再び頭を下げた。

「とにかく、我々が感謝しているということだけはわかっていただきたい。これ以上は傷に障るでしょう。この宿屋には何泊していただいても結構です。傷の癒えるまで、ゆっくりとご静養ください。それでは」

親爺は疲れ果てた声でそう言うと、ドアを閉めた。しばらく、まんじりともしない空気が部屋の中に満ちた。

「レズーナ。この腕コ、治すのに何日かがるや？」

オーリンの固い声が聞こえ、レジーナはオーリンを振り返った。しばらく、オーリンが今言った言葉の意味を慎重に考えて——レジーナは答えた。

「先輩。先に言っておきますけれど、一人でマサムネを倒しに行こうなんて思わないでくださいね？」

レジーナがそう言っても、オーリンは聞いているのか聞いていないのか、無言のままだ。

「それでも、どうしても行くというなら、私もお供します。その時は私がなんとかマサムネと戦えるぐらいに治療します。できる限り、ですけどね」

レジーナは腰に手を当てて、もう一度、はっきりと釘を刺した。

「もう一度言いますよ、一人で勝手にマサムネと戦おうとするのはやめてください。相棒としてではなく、回復術士として到底容認できません。いいですね？」

オーリンは無言だった。その表情を見て、ああ、とレジーナは頭を抱えたい気持ちになった。ああ、これはいけない。確実に忠告に従わない表情だ——。

「とにかく、忠告はしましたからね。どうしても行くというなら、私に黙って行くことはやめてくださいね？」

その部分だけは——相棒として聞き入れてほしいところだった。

無言のまま、オーリンは何かを一心に考えている。そんなオーリンに背を向けて、レジーナは食事を用意すべく、部屋を出た。

◆

眠りの薄皮が裂けると、徐々に意識がはっきりしてきた。

この一ヶ月、知らない天井を見上げながら寝ることはいつものことだったが、その時だけは違和感を覚えた。すぐ近くにあるはずの、いつもの気配がしない。

レジーナはベッドの上で上体を起こし、隣のベッドを見た。

オーリンが寝ているはずの隣のベッドには膨らみがあるが、人の気配がしなかった。

はっ、と、レジーナはベッドから起き上がり、隣のベッドの毛布を剝ぎ取った。

「……やられた」

そこには、それらしく見えるように丸められた毛布が詰まっている。なんとも古典的な方法で偽装したものだ。それに気がつかずに寝ていた自分も、だが。

レジーナは窓の外を見た。夜はまだ明けきっておらず、世界は暗かった。その暗い世界の中に——墓石のように突っ立った、大いなる山々の連なりが見える。

百万都市ベニーランドを間近で見下ろす名峰・ザオー連峰の影。守護の聖竜、独眼竜マサムネが鎮座しているという神々の山。間違いなく——オーリンはあの頂を目指し、今頃登山に勤しんでいるに違いなかった。

「先輩のやつ……」

やっぱり抜け駆けした、か。レジーナは怒るよりも呆れてしまった。昨日の昼、マサムネがベニーランドを守護してきた聖竜だと聞いた時のオーリンは、明らかに目の色が変わっていた。これは早晩、自分を置いて勝手に行くかもしれないと思い、それを監視するために同じ部屋に寝ていたのだが、まさか次の日に脱走するとは。

ハァ、と、もぬけの殻のベッドを見下ろしながら、レジーナはため息をついた。

怪我人（けがにん）のくせに。

ズタボロにやられたくせに。

この土地に縁もゆかりもない他所者（よそもの）のくせに。

ギルドを追放された無職のくせに。

私がいなけりゃ誰とも話が通じないくせに——。


レジーナはベッドのシーツに触れた。やはり怪我のせいで発熱していたらしく、シーツは汗でじっとりと湿っている。昨晩オーリンは、痛みと熱に苛（さいな）まれ、このベッドの上で寝苦しい夜を過ごしていたのだろう。

立っているのもやっとの、この状態であのドラゴンと戦うなど——いくらオーリンといえども無茶（むちゃ）も無茶であるに違いない。

再び力なくため息をついて、レジーナはオーリンのベッドに腰掛けた。

そのまま、ぼーっと部屋の天井を見上げていると、例えようもない無力感が湧き上がってきた。

私って、そんなに無力かなぁ……？

天井の染みを見つめながら考えてみても、答えはなかった。

思えば、なんとも奇妙な成り行きには違いなかった。訛りが強すぎて何を言っているのかわからない田舎者の冒険者。偶然にも、自分に【通訳】という意味不明なスキルがあったことで意思疎通ができただけの、風采の上がらないイモ青年。ギルドを追放され、捨て鉢になっていた彼を鼓舞し、一緒にパーティを組み、ギルドを立ち上げようとけしかけたのも、思えば単なる成り行き故だった。

けれど――この一月あまり、自分は確実に、オーリン・ジョナゴールドという青年の側にいることに、自分の居場所を見出し始めていた。

朴訥で口下手で、何を喋っているのか皆目わからない田舎者。その一方で、伝説的な秘技である無詠唱魔法の使い手。極めて有能な資質を持ちながら、その猛烈な訛り故に周囲と意思疎通ができず、今まで誰に見出されることもなく燻っていた男。その彼の側で彼の言葉を【通訳】し、冒険の手助けをしてきたこの一ヶ月。今まで役に立たない屑スキルだとばかり思っていた【通訳】のスキルを存分に活かせる相棒――それが如何に自分が待ち望んでいた存在だったのか、今ならわかる。オーリン自身もレジーナを必要としていたかもしれないが、それ以上に、自分が自分の居場所として、側にオーリンを必要としていたのだ。

けれど――こうして置いていかれれば、そんなものは単なる片想いだったことを、嫌というほど思い知らされた。

　レジーナの【通訳】が必要でない状況下では、自分などいてもいなくても一緒。まして戦闘となれば、単なる足手まといにしかならない自分など、置いていかれて当然だった。そもそも相手は無詠唱魔法の使い手。いつ誰かに見出され、世に羽ばたいてもおかしくない青年。かたや自分は戦闘となれば何もできない、半人前の新米回復術士。レジーナなど、最初から彼とは全く釣り合わない、ちっぽけな存在でしかないのかもしれなかった。

　煤けた天井を見上げながら、レジーナは苦い無力感が胸いっぱいに広がってゆくのを感じていた。

　自分は――ここまで来て結局何にもなれないのか。

　人を助ける回復術士にも。

　名を馳せる冒険者にも。

　一緒に戦い、背中を預け合う存在にも。

　彼の、彼の相棒にさえ――なれないというのか。

　それを考えているうちに――空っぽの頭に、何だか血が上ってきた。

　違う、そうではないのだと、レジーナの頭の中に野太い声が発した。

　その声が、心の中に火をつけた。

自分は悲しむべきではない。怒るべき、憤るべきなのだと。

その炎がどんどん燃え広がり、レジーナの視界が真っ赤になった。

レジーナはオーリンのベッドにボスッと顔を押し付けて。

腹の底から怒声を張り上げた。

「ちっくしょおおおおおおお！　あの田舎者めぇぇぇぇぇぇぇぇぇっ!!」

びくっ！　と、部屋の隅で寝ていたワサオが顔を上げた。

レジーナは拳を握り、ベッドをどんどんと叩（たた）きながら、置いていかれた怒りの声を張り上げた。

「置いてくつもりならせめてそう言いなさいよ！　コソコソ隠れて出ていきやがって！　相棒を何だと思ってんのよあのイモめ！　私が足手まといだって暗に言ってるようなもんじゃない！　一人でカッコつけやがってアオモリ産のイモのくせに！　ちっくしょおおおおおおムカつく!!　ムカつくううううううううッッッ!!」

レジーナはしばらく、バタバタとベッドの上を転げ回った。

朝の四時半。やかましいぞと怒鳴り込まれてもおかしくない時間帯である。

怒りに冒された脳みそが落ち着いてくると──怒りは徐々に使命感に変わっていった。髪を盛大にほつれさせ、寝巻きの裾を乱れさせたレジーナは、シーツから顔を上げ、袖で何度も何度も涙を拭った。

しつこく溢れていた悔し涙が、あらかた止まった。

窓の外に見えるザオー連峰の頂をじっと見つめ──レジーナはぎりっと歯を食いしばった。

そう、自分だって何かになれる。

なりたい自分には、自分の力でなる。

何があっても彼の側にいる存在──それが今のレジーナのなりたい自分だった。

誰に定められたわけでもない。

誰に押し付けられたわけでもない。

自分がそう、己の魂に誓ったのだ。

そして置いていかれたならば置いていかれたで、当然すべきことがある。

こんなところで無力感に打ちひしがれている暇などないではないか。

「見てなさいよ、あのイモ男……！　私にだってやれることはあるんだから……！」

その一言で決意を固めて、レジーナは急いで寝巻きのボタンを外しにかかった。

◆

まだ太陽が昇りきっていないためか、山の中の空気は凍てついたように冷え込んでいた。ぶるり、と身体をひとつ震わせて、オーリンはローブの裾を無事な左腕で掻き合わせ、染み込んでくる冷気にじっと耐えていた。

ズンダー大公領が誇る名山・ザオー連峰——オーリンはたった今、その山の中腹にいた。古来より景勝地として有名なザオーには初めて登ったが、なるほどこれは抜群の眺めと言えた。眼下に広がる広大な平野には百万都市・ベニーランドが放つきらきらとした輝きが、棚引いた朝もやの底に星の如くに瞬いている。東と北の間に広がる辺境には人口密集地帯が少ない。大自然と人間の営みが見事に組み合わさったこの絶景は、ちょっと他の土地では拝めそうにないものであっただろう。

ふと——その絶景を眺めながら、オーリンはちくりと胸が痛むのを感じた。

ベニーランドの遥か南、王国道四号線に沿うようにして光る輝きは、半日も前に自分がこっそり抜け出してきたシロイシの宿場町の輝きだった。今頃、レジーナはこっそりと抜け駆けした自分にどれほど怒り、憤っていることだろうか。それを想像しただけで、どうしてもというなら自分もついていく、と申し出てくれた相棒を裏切ったことへの自責の念がふつふつと湧いてきた。

　二日前の戦闘のことを考えても、マサムネがドラゴンとしてもかなり強力な個体であることはわかっていた。中型程度のドラゴンならばアオモリのトワダやオイラセで何度も戦ったことがあったが、あれほど巨大で、かつ老練なドラゴンと戦った経験はオーリンにもない。引き分け――否、明確に敗北を喫した前回の戦闘結果から、今回ばかりはレジーナを庇いながら戦うことは無理だとオーリンは結論せざるを得なかった。

　わかってくれ、巻き込みたくなかったのだ――などとは言うまい。これは徹頭徹尾、自分のわがままでしかない。昨日、シロイシの宿場の親爺たちの告白を聞き、居ても立ってもいられなくなった自分が、相棒を裏切って勝手に抜け駆けをした――どんな事情があろうとも、事実はそうでしかない。誰と話しても言葉が通じず、遂にはギルドから追放されてしまった自分を鼓舞し、一緒にパーティを組もうとまで言ってくれた相棒。その相棒を、自分は勝手な事情で捨てていくのだ。お互いの力を信頼し、互いの命を預け合う冒険者にとって、それは絶対にしてはならないことだとはわかっていた。

　けれど――そうしてでも、あのドラゴンは倒さねばならない。

　オーリンは遥かなるザオー連峰の頂を見上げ、そしてもう一度だけ、眼下に広がる人間の営みを見つめた。

　故郷は自分たちの手で守る――そう言った冴えない禿げ親爺の言葉は、オーリンにとって無視できる言葉ではなかった。自分は故郷から、アオモリから離れた身であるからこそ、その思いは痛いほどよくわかった。

シロイシの、そしてベニーランドの人々にとって、マサムネは単なる守護者なのではない。あのドラゴンは彼らにとって故郷そのものなのだ。いつも自分たちの生活を見守り、庇い護ってくれていた父親のような存在……それがあの巨大なドラゴンだったはずなのだ。

それが何者かに操られ、今まで見守ってきていたはずの故郷を荒らし回っている事実。それを目の当たりにしても黙っているしかないシロイシの宿場の人間たちの、そしてベニーランドの民の悲しみは、この土地では他所者でしかないオーリンにも、痛いほどよくわかった。

人間には、誰にでも帰るべき場所がある。遠く離れても、何年離れていても、帰った時に「おかえり」と言って迎えてくれる存在がいる。それが故郷だとするならば、彼らにとってまさにマサムネの存在は故郷そのもの――世界のどこにいても忘れ得ない存在であるに違いないのだ。

それを己たちの手で倒す？

マサムネの討伐要請を出して、己の故郷そのものと戦う？

そんなこと、絶対に納得できないし、看過することなどできはしない。

故郷とは戦うものではない。故郷とは己の手で守るべきものだ。

一千万ダラコなど、もはや手に入ろうが入るまいが関係ない。

自分が如何に無力でちっぽけな存在あっても。

運命と呼ばれるものが如何に強大で残酷であったとしても。

己が絶対に納得できない結末には、意地を張って立ち向かう。

才能も、力も、知識も、積み上げてきたものが悉く何も役に立ちはしない、絶望的な状況下でも。

意地だけを張って張って張り通して、残酷で強大な運命に立ち向かう。

それこそが強情張――アオモリの人間の気性を象徴する言葉。

辛く厳しいアオモリの大自然に立ち向かい、最果ての地に連綿と生を紡ぎ続けてきたアオモリの人々の、至上の財産。

自分が強情を張るとするならば、今日この時をおいて他にない。

マサムネにかけられた呪いを解き、シロイシの、そしてズンダーの人々の故郷を取り戻す。

それはオーリンが、人間として、アオモリ人として、絶対に譲ることのできない想いであった。


ぐんぐんと高度を増す太陽に負けじと、オーリンは黙々と山を登った。アオモリならば年に一度の秋祭りの日に欠かさず登山はしていたが、王都に出てからのここ五年はご無沙汰。ただでさえ傷の癒えていない身体は運動とは別の理由で発熱していたし、噴き出す汗も妙に冷たかった。絶えず脳髄に突き刺さる右腕の痛みを無視し続けながら、オーリンはザオー連峰の八合目付近に到達した。

既に森林が生育できる標高の限界を超え、周囲には荒涼とした山岳の風景が広がり始めていた。あと一息、マサムネがねぐらとしているというザオーの頂まで、あと二時間もあれば到達できる。額の汗を左手で散らし、前に向き直ったその時――オーリンの肌に緊張の針が突き立った。

グルル……と、不機嫌そうな唸り声を上げ、赤茶けた岩の陰から出てきたものがある。絹糸でできているかのような、太く滑らかな複数本の尾――あれは、とオーリンが息を呑むと、数十体もの巨大なキツネがオーリンの行く手を阻むかのように立ちはだかった。

「妖狐――」

ちっ、とオーリンは舌打ちした。

数ある魔獣の中でもとりわけ長寿で、霊的知能も高い生物。ここザオー連峰に一種のコロニーを――それこそ「キツネ村」とも言えるほどの、高度に社会化された群れを築き、この山を護っていると聞く魔獣の登場だった。

　基本的に温厚な性質であり、普段は滅多矢鱈に周囲を傷つけることなど有り得ない彼らが、牙を剥き出し、どう考えても友好的とは言い難い態度で近寄ってくる。一体何があった？　と彼らを数瞬観察し、そのどれもにまだ癒えていない生傷の数々があるのを見たオーリンは、マサムネだ、と直感した。

　このザオー連峰の生態系の頂点にいたはずのマサムネは、人間と同時に、ここザオー連峰に住まう魔獣たちをも庇護していたはずだ。そのマサムネが暴走状態になったことで、彼らの生活も人間同様に脅かされているらしい。マサムネによって手負いにされた彼らキツネ村の住人は既に敵味方の区別などなく、やってくるものは徹底的に排除する方向へと舵を切っているのだろう。そうでなければ妖狐ともあろう賢獣が人間に襲いかかったりするものか。

　ケーン！　と、凄まじく殺気立った咆哮が山間に木霊し、妖狐たちが一斉にオーリンに飛びかかった。防御障壁を展開しようと右腕を掲げた瞬間、脳髄に突き通った激痛にその行動を阻まれ、頭の中に組み立てていた魔法の構成式が激しく掻き乱された。

　その隙を見逃してくれるような妖狐たちではなかった。咄嗟に地面を蹴り、殺到してくる妖狐たちから飛び退いたオーリンは、受け身も取れずに赤茶けた山肌を転がった。

「ぐっ……！」

一瞬、自分のものではないような苦悶の声が漏れた。よろよろと立ち上がったオーリンは、ありったけの殺気を視線に込めて妖狐たちを睨みつけた。

「キツネども、俺どやるって言うんだが。言っておくが手加減などすねぇ、みんなぶっ散らばすて毛皮にすてまるど」

　随分冴えない脅迫だと、自分でも思った。一人で、しかも深手を負っている自分では、相手が妖狐でなくとも虚勢であるのはバレバレだっただろう。だが、相手は賢獣と讃えられる妖狐だ。ただ気が立っているだけで、本気で人間を傷つけようなどという意思はないはずだった。オーリンはありったけの力を声に込めて妖狐たちを恫喝した。

「いいが、もう一度言うど！　そごを退け、道ば開げろ！　そんでねぇば、お前だ全員、オソレザンさ行ぐ羽目になるど！　そいでもいいんだが！」

　頼む、道を開けてくれ――！　縋るような思いの言葉は、ケーン！　という咆哮に裏切られた。赤い瞳に殺気を滲ませた妖狐の群れが、体勢を低くして飛びかかる構えを見せた。この数に一斉に襲われればタダでは済むまい。ギリッ、と歯を食いしばり、痛む右腕を掲げようとした、その瞬間――！

「待ちなさいッ！」

鋭い一喝がザオーの空気を切り裂き、オーリンだけでなく、妖狐たちも弾かれたように虚空を仰いだ。

この声、この声は――!?　オーリンが声のした方を見ると――全身汗だくで、杖をつき、可笑しいぐらいに膝が笑っているレジーナ、そしてその足元で疲れ切った表情を浮かべるワサオがいた。

「レズーナ――」

それきり、言葉が続かなかった。レジーナは燃える目でオーリンをひと睨みした後、杖を放り捨て、妖狐たちに向かって一歩踏み出した。

途端に、かくん、という感じでレジーナの膝が抜け、膝が地面にあった岩に強かに打ち付けられた。ゴ！　という、側で聞いていても痛々しい音が発し、レジーナが声にならない苦悶の声を上げて身を捩った。

あまりにも間抜けな登場に、流石の妖狐たちも威勢を削がれてしまったようだった。戸惑うように顔を見合わせる妖狐たちに向かって、レジーナは涙目のまま生ける屍のように歩み寄った。

人間の目から見ても唖然としている妖狐たちの前で、レジーナは笑い続ける己の膝を二、三度叩いてから、朗々とした声で話し始めた。

「私たちはあなた方に危害を加えるつもりはありません！　私たちはこれから、暴走状態になっているマサムネを倒し、彼にかけられた呪いを解きに行くんです！　道を開けなさい！　ケーン！　ケンケン！　ギャーンッ！　コーンコン！　コン！　グワーンッ！」

キツネ語に【通訳】されたレジーナの声に、妖狐たちが人間のようにぎょっとしたのがわかった。レジーナは必死さだけは伝わる声でなおも言い張った。

「あなたたちだってマサムネに暴れられて困っているんでしょう!?　私たちだって同じ、その人の右腕はマサムネと戦った時に怪我したんです！　それでもその人はたった一人でシロイシの宿場町を守り、マサムネと対等に戦ってみせた！　マサムネを元に戻せるのはその人しかいない！　だから私たちに協力して！　コーンコン！　ココンコン！　ケーンケン！　ギャワン！　ウォォーン！　ワンワンニャーンッ！　ワン！」

レジーナには悪いが、鬼気迫る表情でキツネ語を操るその姿はあまりにも滑稽だった。

オーリンが思わずポカンとしていると、キツネの群れの中から、とりわけ大型の個体が進み出た。

「コーンコーン、ギャンギャン、ケンケーン！」

その声を聞いたレジーナは、オーリンの方をちらりと見た。

「【本当にマサムネ様は呪われているというのか。お前たち人間はこの機に乗じて我がキツネ村を侵そうとしているのではないか】――彼はそう言ってます」

「ちっ、違う違う！　すったなごどば考えてねぇばって！　俺はただ、マサムネのねぐらば目指してるだけだ！」

「ケンケン！　コーンコン！　ギャワンギャン！　ウォォォォン！」

オーリンの言葉をしっかりとキツネ語に【通訳】すると、ワサオが妖狐の前に進み出て、自分の鼻先を妖狐の鼻先に寄せた。

しばらく、動物同士ならば通じるのであろう会話がなされた後——妖狐が顔を上げた。

「ケン！　ケン！　ギャオオオッ！　ワン！」

「【彼自身も何者かに操られていた、と言っている。嘘ではないだろう。マサムネ様が彼と同様に呪われているというのは嘘ではないらしいな】——よかった、ワサオが証言してくれたみたいです」

レジーナが額に滲んだ汗を服の袖で拭うのを見ながら、オーリンは絶句する気分を味わっていた。

これが【通訳】。今まで一度も聞いたことがない珍妙なスキルだとばかり思っていたが、まさかあの殺気立っていた妖狐を、なんと言葉で説得してしまうとは。それはたとえ犬猫相手でも言葉を介せるというだけではない。話術スキルがどうのこうの以上に、異類にも十分に伝わる情熱、そして嘘を言わない誠実さがなければ、賢獣と讃えられる妖狐たちを言葉で説得することなど到底できはしないだろう。

レジーナ、お前は一体——オーリンが少なからず驚いているのにも気づかず、レジーナは両腕を広げ、一層大声を張り上げた。

「お願いです、私たちを行かせて！　きっと私たちがマサムネを元のマサムネに戻してみせます！　この道を通らせて！　ケンケーン！　ジャグエンジャグエン！　コンコン！　コンコーン！　ワンワン、ガオォーン！」

レジーナがそう言い終わると、群れのリーダーなのであろう妖狐が地面に腰を下ろし、まるで畏まるように頭を垂れた。

「ケンケーン！　ウォウウォウ！　コーン！　ガルルルル！」

それと同時に、群れ全体が同じようにレジーナたちに向かって頭を垂れた。言葉など通じなくても、妖狐たちの殺気が収まったのがわかる。レジーナの表情が安堵したように緩んだ。

「【先程の無礼は平に謝罪しよう。マサムネ様を頼んだぞ】――よかった！　交渉成立ですよ、先輩！」

汗びっしょりの顔で振り返られ、思わずオーリンは気後れした。とりあえずというように何度も頷くと、妖狐たちは蜘蛛の子を散らすように山陰に消えていき――後にはオーリンとレジーナ、そしてワサオだけが残された。

しばらくオーリンは何も言えず、俯いたまま、ボソボソと言った。

「レズーナ、あのよ……」

フン、とレジーナが太い鼻息をつき、ツカツカとこちらに歩み寄ってきた。ん？　と顔を上げた途端、ムンズとばかりにレジーナはオーリンの頬(ほお)肉をつねり上げた。

「痛(い)ででで！　れ、レズーナ――!?」

「何がレズーナ、ですか！　このすっとこどっこいヒョーロク玉のデレスケの与太郎(よたろう)イモめ！　なぁーにを一人で勝手にカッコつけてんですかッ！」

レジーナは憤怒の表情で、オーリンの頬肉を上下左右に引っ張った。

「ここまで先輩を追いかけるのにどんだけ苦労したと思ってるんです!?　転んだ回数二十三回、滑落した回数四回、へたり込んだ回数十二回！　もう二度と登山なんかするかって決意した回数は十六回！　青痣(あおあざ)は七個作って擦り傷はもう数えてません！　マサムネと戦う前からこっちはヘトヘトのボロボロですよもう！　あれもこれも全部アンタが一人でカッコつけて抜け駆けしたからです！　追いかけるこっちの身にもなってくださいッ！」

これぞチャキチャキの王都ッ子といえる滑舌の良さで非をなじりながら、レジーナはぐいぐいとオーリンの顔の皮膚を伸ばした。

「いいですか！　先輩は単なる無職！　田舎者(いなかもの)！　何喋(しゃべ)ってんのかわかんないイモ！一人でカッコつけようとしたってそうは問屋が卸さない！　現に今も妖狐に囲まれてフク口叩きにされかかってたし！　第一アンタ、いくらカッコつけようったって喋ってるのがその訛(なま)りじゃどう考えてもカッコなんかつけらんないでしょうが！　わかってんのかアンタはッ!!」

「い、痛ででで！　か、堪忍すてけろやレズーナ……！」

思わず涙目になって謝ると、ふん！　とレジーナが大きく鼻息をつき、オーリンの顔を真正面から睨んだ。

「先輩がその、物凄く強情者なのは、私も重々わかってます」

オーリンは思わず目を瞬いた。レジーナはじっとりと湿った視線でオーリンを見つめ、ハァ、とため息をついた。

「でも、強情ってんならこちとら負けませんよ。これでも三代続いたカンダの生まれですから。カンダの水を産湯に使った王都っ子は生まれた頃からやせ我慢が得意ですからね――」

レジーナはそこでやっとオーリンの頰肉から手を離し、数歩離れて腰に手を当て、偉そうに胸を反らした。

「レズーナ――？」

「いいですか、先輩」

その一言とともに、レジーナは堂々と宣言した。

「私はアンタの相棒、そして【通訳】です！　王都ッ子はいっぺんこの人についていくと決めたならとことん付き合う、そしてヌルい風呂には入らない！　それが筋、王都ッ子が無視しちゃいけない渡世の義理人情ってもんです！　たとえ先輩が嫌だって言っても、どこまでもついていって一緒にやせ我慢をする、それがこちとら王都ッ子の華——粋、です！」

粋——それはなんだか、物凄い圧を伴ってオーリンの耳朶を打った。

レジーナは右足を出し、てやんでぃとばかりに掌を上に向けて鼻を擦り上げ、「忘れたってんならもっぺん聞かせてやらァ！」などと、とっておきの声で啖呵を切った。

「いいですか、あたしはアンタの運命共同体！　死なば諸共、散る時ゃ一緒！　アンタがどこへどれだけ行こうったって離れませんからね！　わかったならよーく覚えときやがれ、このべらぼうめィッ！」

その啖呵に、どしーん！　と、ザオー連峰が根底から揺れた気がした。

堂々の宣言の後、レジーナは何かはっとした表情になり、くるりと踵を返して頬に手を当てた。

「あ、いやでも、流石に私生活の方はその限りでは……！　そんな四六時中一緒ってことはないですよ？　お風呂とかは別々で当たり前だし、寝る時とかはこれまで通り別のベッドで……！」

もじもじと気色悪く腰をくねらせているレジーナを見て、オーリンも流石に吹き出してしまった。しばしゲラゲラと笑い続けたオーリンは、なんだかちょっと不服そうなレジーナの頭を平手で叩いた。

「痛っ！　何するんですか先輩!?」

「へへっ、レズーナよ。お前、やぱし俺以上に強情者だなぁ」

オーリンが笑うと、へっ？　とレジーナが目を点にした。

「ツガルもんは誰でも強情者だども、そうがそうが。王都の人間さもなっがながの強情者がいるんだなぁ。なんだがさ上手ぐ言えねぇども——そうでねば俺の相棒は務まらねぇがも知ゃねな」

相棒……とレジーナは呟き、何だか少し赤面した。今まで相棒相棒としつこく連呼していたのに、今更ながらにとんでもないことを連呼していたことを恥じるような顔である。その表情に何だか自分まで恥ずかしくなってきて、オーリンはごまかすように大声で言った。

「よす、レズーナ。今回は悪かった。あらためて、一緒にマサムネば倒すべしよ、よろすぐな、相棒ッ！」

そう言って右腕を差し出したオーリンの顔と手に視線を往復させて、フッ、とレジーナの表情が緩んだ。途端に、忘れていた傷の痛みがぶり返してきて、いてて、とオーリンは身を捩った。

きた。

「先輩、腕出してください。痛みを取ります」

レジーナは両手でそっとオーリンの右手を包み込み、回復魔法の詠唱を始めた。しばらくして、ほっと暖かな光がオーリンの右腕を伝い、解（ほぐ）されていくように痛みが落ち着いてきた。

「先輩。言っときますけど、あくまで応急処置ですからね？」

「ああ」

「これ以上の怪我（けが）をされたらいくらなんでも治せません。いよいよの時はそうなる前に逃げてください」

「ああ、わがってるでば」

「それと——絶対に負けないでください」

ぎゅっ、と、レジーナがオーリンの掌を握った。

「シロイシの人たち、ううん、ベニーランド全ての人たちのためにも、マサムネだけは絶対に元に戻さないと。私たちで、彼らの故郷を取り戻すんです」

「ああ、そうだな。絶対に俺（わ）は負けねぇど。負げらんねぇ」

オーリンもレジーナの手を握り返すと、レジーナの掌の温かさが伝わってきた。

回復魔法によって痛みはあらかた落ち着き、指を動かすのにも支障はないようだ。これなら戦える。その確信を持って、オーリンは遥かなるザオー連峰の頂を見上げた。

「さぁ、怪我も治ったなら、いよいよマサムネと決着どいぐかの！　レズーナ、ワサオ、ついで来ッ！」

オーリンの言葉に、はい！　とレジーナは大きく頷いた。ワン！　というワサオの吠え声もそこに重なり、二人と一匹は来るべき決戦に向けてザオー連峰を登り始めた。

第八話　ドラゴン・バ・チサヅ・フト（ドラゴンスレイヤー）

艱難辛苦の登山の果てに――急に視界が展けて、レジーナは顔を上げた。

もう勾配はほぼ感じなくなっており、吹き渡る風が火照った身体に心地よい。下界は既に雲の下に霞むほどに遠ざかり、耳が痛くなるような静寂に全身を包み込まれる。

空が近い――レジーナは雲ひとつない青空を見上げた。太陽の光線は下界にいるよりも遥かに強く、目がちかちかした。

身体ごと大空に放り出されてしまったかのようだった。他の全てのものが自分の目線よりも下にあるという感覚が不思議で、レジーナは何度も何度も視線を足元と遥かなる空に往復させた。そうでもしなければ、このまま青空の中に落ちていきそうな気さえした。

「着いた――」

レジーナはただ一言、そう呟いた。

この二千メートル近い秀峰の登頂を果たした満足感と疲労感がないまぜになって、何だか身体がだるかった。来る決戦の緊張や不安も忘れ、レジーナはしばらくザオー連峰の頂から見える光景を眺め続けた。

「さぁ、綺麗だ風景ば見だら、いよいよマサムネのねぐらを拝むど。あれだ」

オーリンは額の汗を拭いながら、山頂より少し下の方を見るよう促した。レジーナが下に視線を向けると、碧色に輝く円形の何かが、陽光を受けてきらきらと輝いていた。まるで巨大なエメラルドの原石が山肌に埋まっているかのような、不可思議な光を放つ——あれはもしかして、湖だろうか。

「綺麗——。先輩、一体あれは？」

「あれがザオー連峰の聖域、『魔女の大釜』だ」

オーリンは緊張の面持ちで、輝くような碧色を眺めていた。

「火山から湧き出した強酸性水が溜まった火山湖、それがあの大釜だ。本来であれば、魚どごろが虫ですら生ぎでいぐごだぁできねぇ湖だずんだ。まぁ十中八九、マサムネがねぐらどすてるって場所は——」

オーリンがそこまで言った途端だった。ザッ——と、風のせいではない、不気味な震動が『魔女の大釜』の静謐な湖面を騒がせる。肌をピリつかせるような殺気が山を騒がせ、遥か下の森から鳥たちが時ならぬ声を上げて飛び立った。

「先輩——！」

「ああ、俺だが来たごどを察知したらすぃな——レズーナ！」

「わかってます、先輩！」

レジーナは大きく頷き、オーリンの目を真っ直ぐに見つめた。

「私、先輩を信じてます！　相手がドラゴンだろうと、先輩は絶対に負けない、負けるもんですか！　そうですよね、オーリン先輩！」

「ああ、絶対勝つべし。勝って元通りのマサムネに戻ってもらわねばな」

まるで山そのものを震わせるかのような律動を全身に感じながらも、オーリンは不敵に笑って、とっておきの啖呵を切った。

「俺はもう独りではぁねぇ。お前も、ワサオだっているんでの。見でろやレズーナ、こっからがツガルもんの本気の喧嘩だ。仰天すて腰ば抜がすなや！」

「わかってます！　この勝負、きっと私とワサオが見届けます！」

レジーナがそう言った、その刹那。山を突き上げる震動が一層高まり――魔女の大釜の湖面が割れ、凄まじい量の飛沫を大空に吹き上げた。

まるでザオー連峰の精気の結晶であるかのように、その中から現れた漆黒のドラゴン――独眼竜マサムネ。

マサムネは凄まじい声量で咆哮すると、ひと羽ばたきで大空へ舞い上がり、ザオーの頂の真上、オーリンたちの頭上に留まった。

【吼えよ、翔けよ、そして地上にあまねく知ろしめよ。人間どもに贖いの流血を、至上の罰を――！」

耳障りな声が【通訳】されてレジーナの脳内に流れ込んでくるのと同時に、レジーナは少しだけ、マサムネの巨体を今一度観察した。

黒く、大きく、この世の闇を吸いきったかのような姿――何者かに操られたマサムネの姿は、これ以上ない厄災そのもの、人間如(ごと)きが調伏(ちょうぶく)することなど敵(かな)わぬ存在に、少なくともレジーナにはそう見えた。

もし、この存在を打ち倒し、地に堕(お)とすことができる存在がいるとしたら。それがもしオーリンだとするならば。自分は一体、どんな運命に巻き込まれた結果ここにいるというのだろう。オーリン・ジョナゴールドという若き魔導師は何者であり、このドラゴンを打ち倒した末、一体何になってゆくというのだろうか――。

一瞬だけ、そんなことを考えたレジーナは、首を振って物思いを打ち切った。今自分ができることは、オーリンとマサムネの戦いの邪魔にならぬよう隅に控えていること。そして、この戦いの決着を見守ることだけだ。少しでもオーリンに加勢したいという気持ちを必死に抑えて、レジーナはワサオを抱き抱えると、頂上の岩陰に身を寄せた。

空を覆い尽くすかのようなマサムネの巨体にも臆することなく、超然と立ちはだかるオーリン。そのローブ姿の背中を見て、レジーナは一瞬だけ、目を閉じて祈った。ザオーを司る神様、そして創造の女神様。どうか先輩に、オーリン先輩に力を貸してあげてください――！

「まだ会ったな、マサムネよ。いよいよ決着をつけるべし。前回でば少々油断すたども、今回は違うど。お前には絶対もどに戻ってもらうはんでの。今少しの辛抱だでぁ」

オーリンは包帯でぐるぐる巻きの右腕を、真上に留まったマサムネに向け、腹の底からの大声を上げた。

「さぁマサムネ！　お前のごでば、俺がぶっ散らばすてトワダのバラ焼きにすてけるであ!!」

◆

その冴えない口上とともに、マサムネとの最終決戦の火蓋が切って落とされる。ぐわっ、と口を開いたマサムネから凄まじい火炎が迸り、天の火となって降り注いだ。

「【連唱防御】ア!!」

振り抜かれた右手とともに出現した魔法陣が、業火を真正面から受け止めた。四方に拡散した火炎が空を焦がす間にも、次々と展開する防御障壁が虚空のマサムネに向かって殺到する。

マサムネが一瞬、焦ったように口を閉じ、翼をはためかせた。最小限の動きで連続展開する魔法障壁を躱したマサムネに対し、オーリンは次なる攻撃を仕掛けた。

「そらァ、どんどん行ぐどぉ！　【上位連唱防御】!!」

ぐわっ、と光が弾けて、虚空に巨大な魔法障壁が次々と展開される。まるで対空射撃のような精度と数で、オーリンは即時展開する魔法障壁を猛烈な勢いで次々と射出し、マサムネを追い詰める。

だがマサムネも流石は守護の聖竜であった。その巨体に見合わない俊敏な動きで、次々と展開される魔法障壁をひらりひらりと躱して飛び回る。ふとオーリンが攻撃を止めた一瞬、マサムネが虚空に留まり、オーリンを睥睨した。

そんな小手先の方法では埒が明かないぞ――嘲笑するようにぞろりと生え揃った牙を剝き出しにしたマサムネに、ちっ、とオーリンが舌打ちした。

「ややや、やぱし空ば飛ばれっと厄介だの――」

なんとかしてマサムネを地上に縫い留めるか、目線の差を埋める必要がある。魔法戦闘には素人のレジーナにもそれはわかる。空を自由に飛び回るマサムネを地上から狙撃するのは、いわば空を飛ぶ小鳥を矢で撃ち落とそうとするのに等しい。多少、的が大きいからといって、あの機動性で飛行されればそれが決定的な弱点とならないことは、今のマサムネが証明している。

「どうにかならないの、どうにか――！」

焦るレジーナは思わず独りごちた。兎にも角にも、マサムネを地上に引きずり下ろす方法はないのか――！　と考えた時、ふう、とオーリンがため息をついた。

「おい。空飛べんのがお前だけの特権だど思うなよ、マサムネ」

虚空に静止したマサムネに向かい、オーリンははっきりとそう言った。ぎょっ、とレジーナは目を見開いた。

「え、えええええ……!?　先輩、何言ってんの……!?」

まさかあの青年は空まで飛べるというのか。有り得ない、いくらなんでもそれは有り得ない。確かに舞空魔法というのは魔法の理論上、実現不可能な話ではないと聞くが、レジーナは人が空を飛んでいるところなど一度も見たことはないし、それが可能なのだと主張する人間にも出会ったことはない。

まさかアオモリでは人が空を飛ぶというのか。まさか。いや――有り得ないことではないかもしれなかった。初めて会話したあの夜、オーリンはあの禁呪魔法がアオモリではリンゴ収穫に使われていると言っていたし、ハッコーダとかいう場所の畜産農家は瞬間移動で牛を捕まえると言っていた。最北の辺境・アオモリの人間は誰でも舞空魔法なる魔法が使えて、空を飛んでいる小鳥を捕まえては晩のオカズにしているのかもしれない。その上、レジーナは今まで何度も何度もオーリンの常軌を逸した魔法的絶技を見てきたのだ。

ヤバい、興奮してきた！　有り得ないけれどあの人なら有り得なくはないかもしれない

――！　密かに興奮しているレジーナの目の前で、オーリンはゆっくりと身体を開いて立った。

「降りでこねぇって言うんだば、俺の方が今すぐそごさ行ってけるでば。行くどォマサムネ！　【拒絶】ッ!!」

一層の気合いが入ったその言葉とともに、魔法障壁が展開されたが――それは今までとは違う形で展開した。はっ、と、レジーナは虚空を見上げた。

防御障壁が太陽を遮るように横向きで展開した――？　レジーナが驚くと、オーリンが地面を蹴り、障壁の上に着地した。

間髪を容れずに次々と展開された防御障壁の上を、オーリンはカエル跳びの要領で駆け上り、大空へと舞い上がっていく。まるで曲芸のようなその光景に、レジーナは思わず口を開いた。

「まさか、まさかあんな方法で空を――！」

通常、どんな魔導師でも、魔法を展開するまでの詠唱には時間がかかる。魔法陣を足場にして空へと駆け上がる――それはほぼ詠唱時間が存在しない、無詠唱魔法の使い手だからできる方法に違いなかった。

あっという間に、マサムネとオーリンの間の高低差が消えた。

ようやく同じ目線で対峙したオーリンに、マサムネは耳障りな咆哮を上げ、がつっと歯を打ち鳴らした。どう考えても、マサムネは生意気にも自分の領域に駆け上ってきた卑小な人間の存在に苛立っている。ぐん、と頭を巡らせ、既に五十メートルほどの高度に到達していたオーリンに向かい、マサムネはぐわっと口を開いて攻撃体勢を取った。ヤバい、火炎放射だ——！

「その手は食うがァ！　【極大防御・転】‼」

ヒュン、という風切り音とともに虚空に巨大な防御障壁が展開したのと、マサムネの口から業火が噴出したのは同時だった。みしり、と防御障壁が軋むほどの圧で吹き付けられた炎が——急に矛先を変え、まるで逆再生映像のようにマサムネに向かって逆流した。

マサムネにとっても、この現象は予想外だったらしい。人間のようにぎょっと虚空で制動をかけ、慌てて翼をはためかせ、すんでのところで火球を躱した。じりじりと空を灼きながら空中を疾駆した火球が『魔女の大釜』に着弾し、猛烈な水柱が上がった。

「魔法反射——！」

レジーナは呆然と空を見上げた。魔法を反射することは防御魔法の基本ではあるけれど、それにしてもあれほどの攻撃、地上を火の海にするドラゴンブレスをも跳ね返すとは——。一体、自分は今何を見ている、何を見させられているのだろうと、半ば呆然としているレジーナの前で、今度はオーリンが仕掛けた。

再び魔法障壁を蹴ったオーリンの全身が虚空に踊った。ぐん、と膂力を総動員して空中で身を捻ったオーリンの一喝が、地上のここまで響いた。

「【水鏡刃・極】！」

瞬間、ぐわっと空間が歪むように収斂し、そこから飛び出したのは二対の水の刃だった。

空を切り裂く甲高い音とともに殺到した水の刃は、マサムネの顔面に容赦なく直撃した。

バシャアッ！　という痛烈な音とともに、周囲に雨のように水飛沫が上がり、空中に美しい虹の輪を描く。

「グオオオオオオ……！」

マサムネは苦悶するように身を捩り、翼で顔を覆うようにする。効いた――！　レジーナが目を瞠ったのと同時に、オーリンは再び魔法障壁を蹴った。

と――その時だった。マサムネの真紅の目に色濃い殺気が浮かび、オーリンを睨みつけた。

その挙動に何かしらの危険を察したらしいオーリンが慌てて後方に跳んだ瞬間、マサムネの口から猛烈な閃光が迸った。

「うわッ――!?」

思わず、その閃光の凄まじさにレジーナは目を閉じて顔を背けた。目を閉じる前の一刹那、マサムネの口から極太の光の筋が発したのを見たような気がしたが――。

恐る恐る、目を見開いたレジーナの鼻に、何か焦げた臭いが感じられた。慌てて後方を見ると、ザオー連峰の荒涼とした稜線が、まるですっぱりとナイフを入れられたかのように、深く、真っ黒く断ち割られていた。

「んな――!?」

レジーナがそう絶叫した瞬間、再びの閃光が頭上に発し、レジーナは上を見上げた。ドラゴンの口から一筋の光線が迸り、次々展開する障壁の上を逃げ惑っているオーリンを追いかけている。

光線が、一刹那前までオーリンが乗っていた魔法障壁を両断した。障壁は空恐ろしい音とともに二つに断ち切られ、光の欠片となって消えていった。

まさか、まさか、まだ本気を出していなかったというのか、あのドラゴンは。

今の光線の攻撃、速度も威力も、炎のドラゴンブレスとは比べ物にならないもの。

事実、今までかなり押していたはずのオーリンは、数倍以上に跳ね上がったブレスの威力に圧され、今や虚空を危うく逃げ回ることに徹している。マサムネが射出する閃光に両断される度に、じゅう、と魔法障壁は恐ろしげな音を立てて蒸発してゆく。

「先輩――!」

呟きながらレジーナは頭を掻き毟った。今は躱せているとはいえ、この速度と威力では早晩追い詰められるのは自明の理だった。しかもオーリンの足元にはあの魔法障壁しかないのだ。もしあれを踏み外したら――その恐怖がぞわぞわと全身を苛み、レジーナは思わず目を背けたくなった。

「畜生、まだこんな隠し種持ってやがんのがぃ――！」

悪態とともに、頭上からオーリンが降ってきた。その言葉には強い焦りの色があり、既に汗だくだった。

「先輩――！」

思わず、レジーナは立ち上がって駆け出していた。瞬間、ぎょっとオーリンがこちらを振り向き、次に虚空のマサムネを見上げた。

「くっ、来んでねぇレズーナ！　来ればマサムネがお前を――！」

はっ、とレジーナが我に返った瞬間だった。明らかにこちらを向き口を開いたマサムネの口から、コォォ――という恐ろしい音が聞こえ、思わず足が竦んだ。その赤い瞳に呑み込まれてしまったかのように硬直したレジーナを、オーリンが飛びかかって地面に押し倒した。

今まで一度も聞いたことがない恐ろしい音が、レジーナが一瞬前まで立っていた場所を掠めた。そのまま、何かを蒸発させるような音がずっと下方へ消えてゆき、やがて、ゴォン、という重苦しい音が遠くに発したのが聞こえた。

「せ、先輩――！」

「ややや、間に合ったでぁ。怪我はねぇがよ、レズーナ」

「あ、あぁまぁなんとか、そ、それより、今の音は――！」

レジーナは慌てて身を起こし、ザオーの頂から遥か下界を見た。

顔を上げた先にあったのは、俄には信じられない光景だった。

マサムネの放った閃光はザオー連峰をまるっと両断しただけではなく、その先の人間世界――シロイシより更に北の方向、ベニーランドの方向まで一直線に伸びている。まるで神々がペンで世界に一本線を引いたかのように、北の大地は惨たらしく両断されていた。

そして両断されたその先に――白亜に輝く巨大な像が立っているのを見て、レジーナの血圧が急降下した。

「ベニーランドが……！」

一直線に引かれた攻撃の痕、その先にあったもの。

百万都市・ベニーランドの象徴である、巨大な創造の女神像。

その女神像の首がマサムネの攻撃によってすっぱりと両断され、今まさに重苦しい音を立てて崩れ落ちてゆくのが――まるでスローモーション映像のように視界に展開された。

思わず、全身が震えた。

あの女神像の下に、一体何人の人間がいたのだろう。

今の攻撃で、百万都市ベニーランドの民が一体何人傷ついたのか。

それを考えたレジーナの頭に――ふと、これをやったマサムネへの、鮮烈な怒りの感情が湧いてきた。

「マサムネ――」

ふと――オーリンが立ち上がり、拳を握り締めた。

その握り拳が、まるで瘧のようにぶるぶると震えている。

「マサムネ――!」

怒りの声を張り上げ、オーリンは虚空に留まったままのマサムネを真正面から睨みつけた。

「おめ今、ずぶんがなにやったがおべでらんだが! わんつか操られでまったぐらいで、なはふるさどだっきゃなもかもぶきゃすきになってまるってがよ――!!」

【お前今、自分が何をやったのかわかっているのか。多少操られてしまったぐらいで、お前は故郷の全てを破壊してしまうというのか――!】

突如として、猛烈に訛りきった罵声が、オーリンの口から迸った。

その剣幕の凄まじさにたじろいだのも一瞬、レジーナの心にも怒りの炎が燃えた。

「マサムネ! なだばってほんとはやんだんでねぇのが! なんぼあやつられでまってる

がらって、なぬがらなぬまでほでねぐなるはずはねぇっ！　マサムネ、なばいままでベニーランドば護ってきたんでねぇのが！　ベニーランドがすぎだんでねぇのが！」

「マサムネっ！　あなただって本当は辛いんでしょう⁉　いくら操られているからって、急に何もかもわからなくなるはずがない！　マサムネ、あなたは今までベニーランドを護ってきたんでしょう⁉　ベニーランドを愛してるんでしょう⁉」


思わず知らず、レジーナはオーリンの声を【通訳】していた。

考えてやったことではなかった。

ただ、この想いを、この悲しみと怒りを、どうしてもこの巨大なドラゴンに届けねばならぬと――ただただ、その時のレジーナはそう思ったのだった。


「おいマサムネ、マサムネっ！　きげでらんだが！　けっぱれぁ！　すたなちっぺたらだ呪いさなどまげんでねぇ、ドラゴンだべや！　わんつかでいい、ホジばとりもどへっ！　まげんな！　じょっぱれ！　わい、じょっぱってみへが！」

「マサムネさん！　聞こえてるんでしょう！　頑張れ！　そんなちっぽけな呪いなんかに負けないで！　ドラゴンなんでしょう！　少しでいい、自分を取り戻して！　負けるな、頑張れ！　意地を張りなさいッ！」

お互い、喉から血が出るほどに叫んでみても、マサムネに変化はない。

それどころか、まるでこちらの想いをあざ笑うかのように、マサムネは顎を開いてこちらを威嚇する。

やはり既に説得など通じないのか――レジーナが痛恨の思いで変わり果てたマサムネを見た、その瞬間だった。

グルル……と唸(うな)り声(ごえ)を上げたマサムネが――急に両手の鉤爪(かぎづめ)で己の顔を引き裂いた。

「グオオオオオオオッ!!」

凄(すさ)まじい咆哮(ほうこう)が迸り、ザオー連峰の空気が揺れた。突然の挙動に驚いているレジーナが見ている目の前で、マサムネは苦悶の声を上げながら、鉤爪で己の顔を滅多矢鱈(めったやたら)に引き裂き続ける。

「ギャアアアアッ！　グギャアアアアアアッ!!　ガアアアアアアアアア!!」

マサムネは顔を振り、必死になって己の爪から逃れようとするものの、攻撃は止まらなかった。周囲に少なくない量の血が飛び散り、鱗(うろこ)が剝がれて周囲に降り注いだ。

「マサムネ――!!」

オーリンが驚愕(きょうがく)に目を見開いたその向こうで、マサムネの右目を覆っていた眼帯のベルトが千切れて、レジーナたちの傍(かたわ)らに落ちた。

深く、三日月状に右目を両断した古傷の下。

潰れて白く濁った目玉の表面に、何かが見えた。

あれは――!?　オーリンは思わず声を上げた。

「出だ！　あれがマサムネにかげらえだ呪いだ！」

マサムネの潰れた右目に浮かんだのは、この国の王家の紋章――向かい合う二匹の獅子（しし）を描いた紋章だった。

あれが、マサムネをこうしてしまった元凶――。レジーナの中の怒りが、マサムネに対するものから、他ならぬマサムネにこんなことをするように仕向けた存在への怒りに変わっていった。

「先輩！」

「ああ、わがってら――行くぞォマサムネ！　【上位拒絶（マネ・デヴァ）】!!」

オーリンが右腕を振り抜いたのと同時に、下から射出された魔法障壁がマサムネの顎を捉えた。強か（したた）に顎を撥（は）ね上げられたマサムネの首が、ぶおん、と風切り音とともに空中に弧を描く。

「一気に決着ば着けるど！　【拒絶（マネ）】ッ！」

即時展開される防御障壁を蹴り、オーリンが再び虚空へ舞い上がった。その間にも、ぐっと首を弛（ゆる）め、オーリンの方を向いたマサムネに向かって、オーリンは鋭く右腕を振り抜いた。

「【上位拒絶(マネ・デヴァ)】ッ！」

回転しながら展開された魔法障壁が、しかしマサムネを捉えることはなかった。すんでのところで魔法障壁の攻撃を躱(かわ)したかに見えたマサムネが——次の瞬間、全く予想外の動きを見せた。目の前に展開された魔法障壁に向かって、マサムネは思い切り自分の眉間を叩(たた)きつけたのだ。

「マサムネ——!?」

驚いたレジーナが声を上げても、マサムネは止まらなかった、何度も何度も、まるで己を罰するかのように、頭の中に巣食う何者かを追い払おうとするかのように、マサムネは魔法障壁に向かって額を叩きつけ続ける。

常軌を逸したその挙動は、正しくマサムネが己にかけられた呪いに抗(あらが)っている証拠。守護の聖竜が消え残った理性を総動員し、自由の利かなくなった己を必死になって攻撃している姿そのものだった。

額から激しく出血したマサムネが咆哮した。

今までの凶行を嘆くかのような物悲しい咆哮は、ザオー連峰の山々に複雑に木霊(こだま)した。

その嘆きを切り裂くかのように、障壁を蹴り、光り輝く太陽を背にして、オーリンがマサムネの真上に身を躍らせた。

数秒後には自由落下に転じたオーリンの身体が――マサムネを真下に捉えた。

「マサムネ――今、助けでけるどォ！　覚悟はいいが！」

大きく右腕を振りかぶったオーリンが、マサムネに向かって右手を一閃（いっせん）した。


「【極大拒絶・獄（ノッツド・マネ・デヴァ）】――!!」


その大声は、まるで雷鳴のように辺りに轟（とどろ）いた。

瞬間、マサムネの頭上に生じた数百もの魔法障壁――。刻一刻と色合いを変える不思議な光に照らし出された世界が、銀河の只中（ただなか）に放り込まれたかの如くに極彩色に輝いた。

その障壁が数秒後にはまるで生き物のように折り重なり、収斂（しゅうれん）し、一本の円柱を形成する。その姿はまさに裁きの鉄槌（てっつい）――邪悪な意思を粉砕し、悪（あ）しきものを裁く意志そのものに、レジーナには見えた。

その時だった。消え残っていた意識も消失したのか、マサムネの瞳から理性が消失した。

頭上にいるオーリンを睨（にら）みつけ、ぐわっと開かれたマサムネの口から猛烈な閃光（せんこう）が発し、今まさにマサムネを捉えようとする障壁に真正面から激突した。

強烈な光線が火花のように飛び散り、オーリンの魔法障壁を軋ませる。直視するのも辛いほどの光が恐ろしい音を立てて鍔迫り合いを繰り広げ、ザオー連峰の峰々の陰影を浮き出させる。

レジーナは拳を握り締めた。

この一撃、この一撃さえ通れば、マサムネは墜ちる。

灼熱を発するその確信を胸に、レジーナは腹の底から声を張り上げた。

「先輩っ！　行っけええええええええええええ!!」

レジーナの渾身の声援が辺りを震わせた、その瞬間。

光線に受け止められていたオーリンの魔法障壁が、メリメリ……！　と音を立て、僅かに前進する。

マサムネの蛇のような目が驚愕に見開かれた、次の瞬間。

放たれた閃光を完全に圧し切り、裁きの鉄槌は唸りを上げてマサムネの脳天に激突した。

魔法陣が放つ、周囲を色とりどりに染め上げる光は、まさに極北の空を彩るオーロラのようだった。高く輝く太陽すらも凌ぐ、億千万の流星群のような光の奔流がマサムネの頭蓋を深々と撃ち抜くと、その衝撃は遥か下の地表をも穿ち、この星の地殻にまで突き通ったのではないかと思わせた。

重厚な金属製の扉を一撃したかのような、重く、鋭く、全ての意識を断ち切るかのような轟音が轟くと――断末魔の声を上げたマサムネの目から、光が消えた。

羽ばたくことをやめたマサムネの翼から揚力が消失した。数秒後には重力法則に引きずられて落下を始めたマサムネの巨体が、隕石(いんせき)のようにレジーナに向かって墜ちてくる。

「うわわわわ……!　わわわわーっ!!」

レジーナは慌てて地面を蹴った。自分の身体が地面に転がったのと、マサムネが猛烈な土埃(つちぼこり)を上げて墜落したのは、ほとんど同時のことだった。

身体中の土埃をはたき落とすこともなく立ち上がり、レジーナはよたよたとマサムネに歩み寄った。桃色の舌をベロリと吐き出し、血だらけの顔面を地面に押し付けて――ベニーランドの守護聖竜、マサムネは遂(つい)に沈黙した。

魔法障壁を足場にして、オーリンが地面に降りてきた。

完全に失神したマサムネを見つめながら、冷や汗にしとどに濡(ぬ)れた額を、オーリンはローブの袖で拭った。

「せ、先輩――!」

「あぁ――やったな、多分」

それだけ言ったオーリンの顔にも、ようやく安堵(あんど)の笑顔らしい表情が浮かんだ。

肩を上下させながら荒く息をついているオーリンを——レジーナは呆然と見つめた。

凄い。本当に本当に、ドラゴンを倒しちゃった——。

古来『空飛ぶ厄災』と言われ、その巨体が秘める猛威は一種の天災であるとまで恐れられたドラゴン。この世の生態系の頂点に君臨し、その前には全ての生物が等しくエサでしかないはずのドラゴンを——この人はたった一人で、本当に撃墜してしまった。

竜をも殺す者、ドラゴンスレイヤー。全ての冒険者にとって最高の名誉であるその伝説的な存在に、この人はなってしまった。このザオー連峰の頂で、オーリンはさらなる高みへ——天に輝く星々の世界へ、古の英雄たちが織りなす伝説の世界にまで駆け上がってみせたのだった。

そう思うと、単に安堵だけではない、何だか様々な感情が湧き出してきて止まらなくなった。

結局、レジーナは今の感情を言葉にすることを諦め、無言のままオーリンに走り寄り、その身体にしがみついた。

「ややや、レズーナ——!?」

ローブの裾を両手で掴み、鼻先をオーリンの胸板に押し付けて、レジーナはじっとそのまま沈黙する。

「おい、レズーナって……」

「黙っててくださいっ！」

思わず大きくなってしまったレジーナの声に、オーリンが気圧されたように口を閉じた。

「今、私の身体に先輩が生きてるってことを教えてるんです！　少しあっち の方向いててください！　すぐ済みますから！」

そう言った声が震えて、じんわりと目から涙が溢れてきた。それを見られたくなくて更にぐいぐいと鼻先を押し付けると、随分してからオーリンの手が遠慮がちにレジーナの後頭部に触れた。

「わ、わいわい……あんまり嗅ぐなや。汗くせぇべよ」

「うるさいうるさい！　こういう時は多少臭い方がいいんです！　その方がいいんです！」

滅茶苦茶な理屈を口にしながら、レジーナは全身にオーリンを刷り込んだ。そうでもしなければ――安堵と恐怖で、今すぐへたり込んで泣き喚いてしまいそうだった。意地でも離れないぞ、というレジーナの無言の意思を感じたのか、しばらくオーリンもレジーナの頭を撫でながら、黙ってされるがままになってくれた。

しばらくすると、ようやく気分も落ち着いてきた。オーリンのローブを離し、目元を強く拭ったレジーナは、オーリンの顔を見上げた。

「――落ち着いだが？」

「まぁ、なんとか」

「んだば、マサムネを助けでやるべ」

オーリンは何故なのか目をそらしがちにそう言い、マサムネに歩み寄った。

マサムネの顔面は――酷いものだった。一瞬でも呪いに抗い、守護聖竜としての意地を見せつけたマサムネは、ボロボロになりながらも生きてはいるらしく、呼吸は穏やかだった。オーリンが古傷のある右目の瞼を両手で持ち上げると、マサムネにかけられた呪いそのものである意匠が現れた。

向かい合う二頭の獅子――間違いない、どう見てもこの国の王家の紋章だ。その紋章をしばし無言で見つめたレジーナは、何かをじっと考えているらしいオーリンに恐る恐る声をかけた。

「先輩――あの、これって」

「ああ。十中八九、誰かにバレでもらわねぇと困る仕掛けだんだびの」

オーリンは難しい顔でその意匠を見つめている。

「王都を荒らしたワサオさばズンダー家の紋章、ベニーランドを荒らしたマサムネさば王家の紋章――誰がどう見だって、お互いを仲違いさせるための仕掛けに違ぇねぇ。これをやった人間は……内乱を起こすのが目的らすぃな」

「内乱――」

その言葉の物々しさに、思わず皮膚が粟立った。何かとキナ臭い関係であるこの国の王家、そして大陸のもうひとつの王家とも言えるズンダー大公家が互いに疑心暗鬼に陥り、憎み合い、殺し合う未来。兵力でも財力でも王家を凌ぐと言われるズンダー大公家の膝下、しかもよりにもよって守護の聖竜を呪った黒幕が国王家であると知ったら、マサムネに絶大な信頼を寄せていたベニーランドの人間たちは王家への復讐を躊躇うまい。

そうなればどうなる？　王都が、ベニーランドが、大陸全土が大混乱に陥り、夥しい量の血が流れることになる――。

「まぁ、今は黒幕のごどを考えるのはよすべし。――【破壊呪】！」

オーリンが右手をマサムネの眼球にかざすと、紋章に亀裂が入り、ガラスが砕けるかのような音を立てて消えた。ようやく呪いを解かれたマサムネの瞼を戻したオーリンは、ハァ、と疲れてしまったかのようなため息をついた。

「レズーナ。マサムネにこの紋章があったってごどば、俺だの胸さしまっておぐべ。あんまりみんなに知ってほしぐねぇしよ」

「ええ、そうしましょう」

レジーナが頷くと、ブルン、とマサムネの鼻が動いた。思わずぎょっと後退ると、二、三度ぴくぴくと震えたマサムネの目が、ゆっくりと開かれた。

しばらく、長い眠りから覚めたかのようにぼんやりとした表情で辺りを見回したマサムネに、ワサオが歩み寄った。

先程妖狐に対してそうしたように、ワサオがマサムネの鼻先に自分の鼻先を寄せた。しばらく何かを読み取っていたらしいマサムネの蛇のような瞳が、オーリンとレジーナを見た。

「……そういうことか。我は呪われておったか――。感謝するぞ、お若い方」

うぇ――!?　と、レジーナは驚きの声を上げた。

「しゃ、喋った――!?　ドラゴンが――！」

「我は栄えある竜族の裔ぞ。言葉を操ることは別に人間だけに限った特技ではない」

思わず発した声を窘められて、レジーナは思わず「あ、すみません……」と平謝りした。ぶるる……と再び喉を鳴らしたマサムネは「謝罪せねばならぬのはこちらの方だ」としわがれた声を発した。

「どうにも……長く夢を見ていたような心持ちであるな。己が己でなくなっていた最中でも――己が何をしていたかは朧げながらに覚えている。お二方、我の乱心、心より謝罪する。平にご容赦くだされたい」

まるで古株の騎士のような口調でなされた神妙な謝罪に、何だか妙に恐縮した。「い、いえ、お礼ならこの人に……」とレジーナが隣を示すと、マサムネの鼻先が今度はオーリンに向いた。

「若き魔導師よ、夢うつつでよく覚えてはおらぬが、そなたが我を救ってくださった、そうだな？　しかし、我がドラゴン族相手にあれ程の立ち回り方――そなたは一体何者だ？　何故に詠唱を圧縮して――否(いな)、何故に無詠唱で魔法が使える？」

マサムネの問いに、オーリンが「なんでって何(なぬ)が」と素っ気なく答える。

「なも、アオモリでばこのぐれぇは当だり前(め)だ。アオモリは寒(さび)ぃ土地での。あんまりデレデレど長く喋てれば口の中さ雪コば積もって奥歯が霜焼けになるべし」

「ほほう、アオモリ――そなたはアオモリの人間か」

その単語が出た瞬間、マサムネが多少驚いたように見えた。

「久しく聞かぬ名だな。最果ての辺境、アオモリ。そこに棲(す)まう同胞たちは、太古のままに強く、美しい――そなたが我を墜とすことができたのはアオモリでの経験故か」

意味深な言葉とともに、マサムネは鼻先をオーリンに近づけた。オーリンが不審そうにマサムネを見ると、マサムネは何かをじっと感じるかのように目を閉じた。

しばしの沈黙の後、マサムネの目が開いた。

「やはり――そなたには内なる恩恵がある。慈しみ深き主の恩恵、奇跡の力……それが無詠唱魔法か」

えっ？　と、レジーナはその言葉にオーリンを見た。オーリンも今のマサムネの言葉に驚いたようで、マサムネを見つめた。

「なんだって？　主の恩恵ってどういうことだえ？　マサムネさんよ、あんだアオモリの何を知ってらんだば？」

「その答えは我が答えるに能わず。己が探し求め、辿り着かねばならぬ。そなたらがこれから相手にするだろう存在は、おそらく、あまりに巨大な存在だ。それと事を構えるその覚悟は、我に聞いては定まらぬだろう――」

ぶるる……と、再びマサムネは鼻を鳴らした。

「そうか。今日この時に恩恵を授かりしアオモリの民がズンダーの地に来たのは運命と呼ぶべきものやもしれぬ。なんということだ、創造の主は我々を試そうというのか――」

マサムネは懸念するように首ごと視線を俯け、鎌首をもたげて遥か向こう――ベニーランドがある方角を見つめた。そこには、先程の攻撃で首をもがれた創造の女神像が立っている。

その視線の先にある、百万都市ベニーランドの喧騒――まるでその安寧が足元から崩れ行くのを予期したかのように、マサムネのその目には莫大な焦りと恐れが浮かんでいるように見えた。

「あの、マサムネさん」

その不穏な視線に、レジーナは思わず口を開いた。

「その——マサムネさんをこうした存在のことを覚えてますか？　ここにいるワサオ——あの、フェンリルなんですけど、この子も王都で同じ呪いにかけられていたんです。その時、二人とも同じことを言ってたんです。人間たちに至上の罰をって……」

そう、ワサオもマサムネも、『人間たちに』と言っていたのだ。となれば——この呪いをかけた存在とは一体何者であるというのだろう。

「その、あなたやワサオをこうしてしまった黒幕は——人間ではなかったんですか？」

その質問に、マサムネはなんと答えようか迷うように目を細めた。

「……我を呪ったあの者はおそらく人間であっただろう。だがその者が別の何者の意思で動いていたのは間違いあるまい。ただ言えるのは、我はドラゴン族の裔であるということだ。たとえ如何に相手が呪術の達人であろうと、そう簡単にこの我が自由を許したはずはない」

つまり、相手はそれだけの実力者である、ということか。マサムネはしばらく何かをじっと考えるように遠い目をしてから——詮無いことだというように視線をもとに戻した。

「まぁよい。現状ではあまりにも情報がなさすぎる。時にお二方——我が正気を失っていた間、ベニーランドの民は平穏であったのだろうか？」

その問いに、レジーナもオーリンも無言で俯くより他なかった。その所作に大方の事情を察したのだろうマサムネは、「そうか……」と残念そうに嗄れた声を発した。

「我がこの地に座して五百余年……この都を守護し、永遠に見守ること。それが我が友、初代ズンダー王との誓いだった。ただの荒くれの魔獣でしかなかった我を打ち倒し、名を与え、この醜き右目を隠してくれた心優しき男……如何なる事情があったとはいえ、我は彼との誓いを破ってしまったのだな……」

　初代ズンダー王がドラゴンスレイヤーだった？　マサムネの語った内容に少し驚いた。初代ズンダー王はそれほどの力を有した男だったのか。それにしても、王個人がドラゴンをねじ伏せたなんて、そんなことが有り得るのだろうか。

　ズンダー大公家とは、そしてその頂点にいるズンダー大公とは、一体何者なのだ。レジーナが今更な疑問を抱いている目の前で、マサムネは人間のように大きくため息をついた。

「今頃、あの子も我を心配しておることだろうな。なにせ臆病な子であるから……」

「あの子？　あの子って――？」

「あぁ、我の――何と言おうか、娘のような存在だ。我にとって、というだけではない。あの子はこの杜の都・ベニーランドの未来そのもの――」

　それ以上は何も言うまい、というように、マサムネはしばし沈黙した。沈黙してから、マサムネは傍らに落ちていた眼帯を見つめた。

「すまぬが、その眼帯を我につけ直してくれぬか。我の命より大事なものなのでな」

「ええ、喜んで」

オーリンとレジーナが二人がかりで巨大な眼帯をつけ直してやると、マサムネの姿がすっかりと元通りになった。血だらけではあったけれど、その隻眼は初めて会った時よりも格段に優しくなっている。これで全てが元通り、これこそこのベニーランドを守護するドラゴンの姿に違いなかった。

「よし、さすれば我はシロイシの宿場に行くとしよう。我の乱心をズンダーの民に謝罪せねばならぬのでな」

「ああ、そうだの。みんなお前のごどば心配してらっきゃのぉ」

「そうなると、今度は下山ですね。あーあ、夜明けまでにはシロイシに辿り着ければいいんですけれど……」

「何を言う。この上、そなたらにそのような労苦をさせるものか」

マサムネの言葉に、えっ？　とレジーナは驚いた。

蛇のような赤い瞳が、まるで微笑みかけるかのように細まった。

「二人とも、我が背に乗れ。我が下界まで送り届けようぞ」

うぇえ!?　とレジーナは盛大に尻込みした。ドラゴンの背中に乗る？　絵本の物語じゃあるまいに、とその言葉を本気にしなかったレジーナに対して、オーリンは「おっ、めやぐだな！」と乗り気の声を発した。

「懐かすぃでぁ。トワダ湖ではよぐドラゴンさ乗って走り回ったもんだ。天気さえよげれば海まで見えだもんだんだで」

「せ、先輩、乗ってくんですか!?　わ、私、高いところはちょっと……！」

「乗らねぇでどうなるびの。この上でまた大汗かいで山下りなんぞしでぐねぇばってな。マサムネさ乗ればひとっ飛びだべ。ホレ、レズーナも早ぐ乗らなが！」

　そう言うなり、オーリンはいそいそとマサムネの巨体によじ登り、首に抱きつくように腕を回した。それでもまだ気後れしているレジーナを追い越してワサオが駆け出し、マサムネの頭の上に座り込んだ。

　どうしよう……レジーナは困ってしまった。子供の頃、木登りの最中に手が滑って墜落してからというもの、レジーナは高いところが大の苦手なのであった。マサムネの巨体によじ登るだけでも抵抗があるのに、空を飛ぶなんて……思わず足が竦んだが、かといって下山する体力ももう残ってはいない。

　早くしろ、というような一人と二頭の目に促され、レジーナもおっかなびっくりマサムネの体によじ登ると、オーリンの腰の辺りにしがみついた。

「さぁ、しっかり摑まれ。振り落とされぬようにな――」

　途端に、マサムネが巨大な翼を羽ばたき、ぶわりと虚空に舞い上がった。おおおお、と歓喜半分、恐怖が半分の声を上げるレジーナたちを背に乗せて、マサムネはぐんぐんと高度を上げてゆく。

すぐ近くに感じていた太陽が一層近づき、手を伸ばせば触れられそうな気がした。そのままザオー連峰の【魔女の大釜】の上をぐるりと一周したマサムネは、首を南東に向け、滑空を開始した。

ぎゅっと目を閉じ、必死になってオーリンの身体にしがみつくばかりだった身体にも、しばらくすると少しだけ余裕が出てきた。

意を決し、レジーナがおっかなびっくりと景色に目を向けると——素晴らしい眺めが視界に飛び込んできた。

雄大に連なる山々の黒々とした威容。

夏でも消えることのない万年雪の煌めき。

眩しく輝きながら大空をさすらう雲の白。

見渡す限りどこまでも広がる田畑の緑。

その間を縫って流れる大河の力強い流れ。

人々の活気が渦巻く百万都市・ベニーランドの喧騒。

大地が描く緩やかな弧線の、その先に見える海の青い輝き——。

美しい。

この東と北の間に広がる辺境の大地の、なんと美しきことか。

絵に描いたような、まるで神々が手ずから創り出したかのような、秩序正しき世界。

この世界に二つとはないだろう、それは奇跡の如くに美しい光景だった。

「綺麗(きれい)だな……本当にさ」

こちらからでは横顔しか見えないオーリンが、なんだか遠い目で遥か下の世界を見つめていた。

「こんなお空がら見れば、世界なんど平和にしか見えねぇのになぁ――」

オーリンが、ぽつりとそう言った。

その言葉は、様々な意味を含んだ言葉に聞こえた。

これが、自分たちが取り戻した世界。

これが、自分たちが取り戻した平和。

これが、自分たちが取り戻した、誰かの故郷(ふるさと)――。

そう思うと、なんだか言葉にならない感情が胸に湧き上がってきて、せっかくの風景が白くぼやけてしまった。

思わず、レジーナは目の前にいるオーリンの首筋に腕を回し、恋人同士でそうするように、思いっきり身体を密着させてみた。

オーリンが驚いたように後ろを振り返り、ぼわっと顔を赤くする。まさに田舎の純朴なイモ青年としか思えないその反応が可愛くて、レジーナは笑ってしまった。

「わ、わい、レズーナ――!?」

「何を顔赤くしてるんですか、先輩！　私じゃなくて景色を見ましょうって！」

「おっ、おい、離れろっつの！　誰がに見られでまるべな！」

「何言ってんですか！　見せつけてやりましょうよ！」

背の上でわーわー騒ぎ立てるレジーナたちを乗せたまま、マサムネは翼を羽ばたかせ、遥かなる下界へと降りていった。

エピローグ　ノレソレ・デァ（盛り上がっていこう）

夕食の準備に取りかかっていたのだろう人々が、一斉に頭上を見上げた。

既に地平線の彼方へ傾きかけていた夕日を遮り、虚空を飛び回る巨大な影――守護聖竜マサムネの飛来に、シロイシの人々は大いに慌てた様子だった。蜘蛛の子を散らすように逃げ惑い、己の棲家に引っ込もうとする人々に向かい、レジーナは渾身の大声を降らせた。

「おーい！　みなさん！　おーい！」

突如聞こえた人の声に、逃げ惑っていた人々がはたと足を止めた。思いっきり背を伸ばし、手を振ったオーリンとレジーナを見て、人々は仰天したように目を見開いた。

マサムネが、ゆっくりと地面に降り立った。

随分久方ぶりに感じる地面の感覚を確かめながら、レジーナはマサムネから降りた。

今までシロイシの宿場町を荒らし回っていたマサムネ。そのマサムネが以前とは打って変わった様子で地面に降りてきたこと。そしてその背中に人間が乗っていたことで、人々は随分面食らったようだった。

「シロイシの民よ、ズンダーの民よ」

マサムネの嗄れた声に、人々は雷に打たれたかのように恐縮し、畏まる。

「我はたった今、長き悪夢よりようやく覚め、正気を取り戻した。もう心配はない。此度は我の乱心、そなたらに心より謝罪するために参った」

マサムネはそう言って、人がそうするように、顔を俯け瞑目した。

「我は何者かの手によって呪いをかけられ、長く正気を失っていた。このズンダーの地を荒らし、人々を苦しめよと――我のこの言葉を信じるか信じないかはそなたらに任す。そなたらズンダーの民が我を許さぬ、我を裁くと言うなら、それも仕方のないこと。その場合はこのマサムネ、謹んでこの首を差し出そうぞ」

そうなるかもしれない覚悟を決めていたらしいマサムネの言葉に、人々は顔を見合わせた。

見合わせても――誰も何も言うことができない。みな、戸惑ったように沈黙したままだ。

と――その時。今までマサムネの言葉を聞いていた群衆の中から、一人の小さな女の子が走り出し、マサムネの前に来た。

おっかなびっくり、という感じでマサムネの強面に歩み寄った女の子が――傷だらけのマサムネの顔を、そっと撫でた。

「マサムネ、お怪我してる……大丈夫、痛い？」

女の子は、心配そうにマサムネを気遣った。

「私ね、マサムネが謝ってくれたならもういいよ。マサムネはしゅごのドラゴンだもん。これからもみんなを護ってくれるんだもん。ね？」

その言葉に、ブルル……とマサムネが目を閉じた。女の子の言葉を聞いていた大人たちも、やがてゆっくりとマサムネの周りに集まりだした。

「マサムネ様――本当に、マサムネ様なのですね！」

「おいみんな、マサムネ様が戻ってこられたぞ！」

「マサムネ様、おぉ、よくぞお戻りに！」

「本当にマサムネ様なんですね!?　ああ、なんということだ――！」

「よかった！　みんな、マサムネ様と戦わなくていいんだぞ！　よかった！」

よかった、よかったと、口々にそう言って笑顔を見せる人々に、オーリンとレジーナは微笑んで顔を見合わせた。誰もが故郷そのものであるマサムネと和解できたことに安堵し、涙さえ浮かべて手を叩いた。

人々が快哉を叫ぶ中で、マサムネが鎌首をもたげ、傍らで所在なげにしているオーリンとレジーナを見つめた。

「何者かに呪いをかけられ、正気を失った我を、この二人が――ここにいる若き冒険者殿が救ってくださった。我を力ずくでねじ伏せ、地に落とし、呪いを解いてくださった。喜べ、ズンダーの民よ。初代ズンダー王以来五百年ぶりに、この地にドラゴンスレイヤーが生まれたのだ」

　その言葉に、シロイシの人々の視線が一斉にこっちを向いた。ええっ⁉　と派手に驚いたレジーナたちに、わっと人々が集まってきた。

「謝罪の上、このようなことを頼めた義理ではないのであるがな……ズンダーの民よ。この二人の勇気を、慈愛を、そなたらでねぎらってやってはくれぬか」

　マサムネのその言葉は、既に半分聞き流されていただろう。あっという間にシロイシの人々に取り囲まれ、手を握られるやら頭を撫でられるやら、もみくちゃにされたレジーナたちは、気がつくと物凄い勢いで胴上げされていた。

「ドラゴンスレイヤー！」

「よっ、ドラゴンスレイヤー！　あんたらマジかよ！　そんなすげぇやつなのか！」

「すげぇやつがズンダーに来たもんだ！　おい、後でサインくれよ！」

「ドラゴンスレイヤー！　ドラゴンスレイヤーだ！」

　果たしてその言葉の意味がわかっているのかいないのか。

　兎にも角にも人々は口々にドラゴンスレイヤーと口にし、叫び、レジーナとオーリンを取り囲んで狂喜した。

　もういいよと言えるほどに胴上げされた後は――実にスムーズな流れで出てきた酒と料理がオーリンとレジーナを取り囲み、両手に大きな盃を持たされ、そこになみなみと酒が注がれ始めた。

あの、せめてどこか建物の中で——！　と慌てるレジーナと違い、オーリンはもう既にニコニコのえびす顔で盃を空け、石畳にどっかりと腰を下ろして山海の珍味を頬張り出していた。

「ややや、めやぐ、めやぐだね。おーっとぅ、すたに酒コ注がれればまがるべね。あんかで、あんかでいいはんでな。わは酒コ飲むどきってばつまみコはぺっこでいいの。あんまし料理ばりけってされればはらちぇぐなってねぷてぐなってまねはんでね。よーす、こんにゃはみんなノレソレでぁ！　あさままで飲むべしよ！　マサムネの快気祝いばすんべァ！」

【いやはや、申し訳ない、ありがとうございます。おっと、そんなに酒を注がれればこぼれてしまいます。少し、少しでいいですから。私は酒を飲む時はツマミは少しでいいんです。あんまり料理ばかり食べろと言われるとお腹が苦しくなって眠くなってしまっていけないのでね。よーし、今晩はみんな盛り上がっていこう！　朝まで飲み明かすぞ！　マサムネの快気祝いをしよう】——。

さっきマサムネを打ち倒した時に浮かべていた凶相は欠片も見られない、そのだらしなく弛緩しきった顔と、もはや意思疎通するつもりがあるのかないのかわからない、猛烈な訛り言葉。

　気負ったことなど何もないその表情を見ていると、この青年――オーリン・ジョナゴールドという青年のことが、今更ながらに不思議に思えてきた。

　無詠唱魔法の使い手である気鋭の魔導師。

　その一方で、何を言ってるのか皆目わからない田舎者。

　輝きの未来を追い求めて田舎から出てきた夢見る人。

　その一方で、誰よりも遥かなる故郷を想っている青年。

　人畜無害の塊にしか見えない、風采の上がらない、冴えない男。

　その一方で、とてもそうは見えない――凄まじい強情者。

　悉く正反対としか思えない要素を、まるで熟れてはち切れそうなリンゴのように、薄皮一枚の下に危うく詰め込んだ何者か。

　大空に光り輝く綺羅星たちに憧れながらも、泥に汚れ、土の匂いが染み付いた地上を、それでも捨てきれない男。

　もしかしたら――オーリン・ジョナゴールドとは、そういう男なのかもしれなかった。

「先輩！　飲んでもいいですけどあんまり飲みすぎないでくださいね！」

半笑いの声で言ったレジーナの言葉を、オーリンはもはや聞いていなかっただろう。

人々の大歓迎の坩堝（るつぼ）の中で、レジーナはなんだかむず痒（がゆ）い気持ちとともに、いつまでもその横顔を眺め続けていた。

終幕　ワンツカ・ナニヘッテルカ・ホデネドモ
（ちょっと何言ってるかわかんないですけど）

「マサムネが正気を取り戻したと？」

大広間に、男の低い声が響き渡った。

報告に来た口ひげの男は、直立不動のまま、額に脂汗を滲(にじ)ませている。

ズンダー大公家の紋章である《クヨーの紋》、そしてその軍のシンボルである、陽(ひ)に向かい輝く金色の鷲(ゴールデンイーグル)——。

紋章にあしらわれた荒鷲(あらわし)が威圧的に睨(にら)みを利かせる大広間には、報告者の他に二人の男がいた。

どちらも恰幅(かっぷく)のいい長身に、見事に鍛え上げた肉体を兼ね備えた偉丈夫。

その肉体に似合いの、一体何人を殺(あや)めてきたのか知れぬ、凄まじい凶相の男たちである。

そのうちの黒髪、黒ひげの男の方が、実に奇妙だというように小首を傾(かし)げた。

「ちょっと——何言っているかわからないんだがな」

その男の声に、口ひげの男は震え上がった。

震え上がるだけの威圧感がその声にはあった。

「マサムネが暴走状態になってはや一月も経ったか。このズンダー大公家の精兵たちですら、やつの鱗には刃が立たなかった。もはや放置するしかあるまいと静観していたが――ひとりでに片付いたか」

この北方を治める強大な王族――その軍務の一切を指揮する立場にある黒髪の男は、安堵半分、驚き半分というように嘆息した。

そう、マサムネはこの北方の一大都市、ベニーランドを五百年以上護り、ベニーランドの民からは神と崇められていた古竜だ。そのマサムネが突如正気を失い、怒り狂ったかのように里に降りては、今まで庇い護っていたはずの民たちを襲うようになって一月も経つ。

もちろん、ズンダー大公家も事態を収拾せんと、マサムネの鎮圧に一千万ダラコという破格の懸賞金をかけた他、様々な策を講じていたのだが――マサムネの圧倒的な防御の硬さと飛行能力の前にはそのいずれもが実を結ばず、半ば放置されていたのだった。

「それで――マサムネは一体どうして正気を取り戻した？」

「それが――」

報告に来た男は、そこで、ごくり、と毒のように苦い唾を飲み下した。

「証言した者によれば――一人の冒険者風の男が、マサムネ様を叩いたと」

「一人だと？」

これは面白い、というように、黒髪の男の隣――金髪の男が嗤った。

金髪の男は、目の前にあったサンドウィッチを右手で鷲摑みにすると、まるで磨り潰すかのように掌で圧縮した。

みしり、と、柔らかかったパンを圧縮する掌が奇妙な音を立てた。


「その話が本当ならば――興奮してきたな」


瞬間、ぞっ――と、不可視の寒気が部屋の中を満たした気がした。

彼を知る人間全員から美食家と呼ばれている金髪の男は、手の中で石のように圧縮したサンドウィッチを口へ運び、至上の美味を味わうかのように咀嚼した。

二人の男はしばし視線を交錯させる。

その視線には明確に、ズンダー大公家ですら太刀打ちできなかったマサムネを討った者への興味が色濃く浮かんでいた。

「詳しい報告は？」

「は――は。なんでも、旅の魔導師の男であったということです。男はザオー連峰の頂上で、怒り狂うマサムネ様相手に大立ち回りを演じ、遂にマサムネ様を沈黙させたと――他ならぬマサムネ様が証言したそうです」

「おいおい」

黒髪の男はまるで市井の小噺を聞いたかのように失笑した。

「その報告を上げた者は正気か？　我がズンダー大公家お抱えの魔導師が束になっても、マサムネを討つことはおろか、地面に留めて置くことすらできなかった。貴様もそのことはわかっておるだろう？」

報告者の男は、頬に脂汗が流れるのを感じながらも、無言を通した。

自分だってこんな馬鹿げた話を頭から信じていたわけではない。

だが、シロイシから届けられた情報、証言の、そのいずれもが一致していた。

まだ若い二人連れの男女、そのうちのローブを着た青年が――あの遥かなるザオーの頂に登り、まるで荒鷲のように空を跳躍しながらマサムネを倒したのだと。

口ひげの男の無言をどう感じたのか――黒髪の男は金髪の男を見た。

「どう思う、執政」

「一言で言えば――面白いな、将軍」

言葉のどこかに隠しきれぬ興味を感じさせながら、金髪の男は山海の珍味を頬張り続ける。

「竜を殺す者、ドラゴンスレイヤー……いくら武芸に秀でた貴公と言えど、そんなものは今の今までお伽噺だと信じていなかったはずだ。あの圧倒的な力を持っていたマサムネを、たった一人でねじ伏せるほどの強大な力を持った人間――興味がないかね？」

　金髪の男はテーブルの上に山と積まれた美食の数々を平らげつつ、そう訊ねた。

「それに、その男が何をしにこのベニーランドにやってきたのかはわからんが――その男の氏素性も、目的も知れぬうちは、これは大公家にとって一種の脅威でもある。そんなものを足下に放置しておくことは下策だ」

「それはそうだが――」

　黒髪の男は豊かな黒髪を撫で付けながら、やや不審げに返答を濁した。

「では貴公はどうするつもりだ？　そのドラゴンスレイヤーが与太話ではなく現実の話だったとして、接触してどうするつもりなのだ。まさか勲章と爵位でも与えようと？」

「首輪をつけるだけでよいのならそれもよい」

　金髪の男は掌の中で次々と美食を圧縮し、口へ運んだ。

　男が持つ、鋼鉄さえ磨り潰す人外の握力――それを前にすれば、いかなる食べ物もその熱量を保ち続けることなどできはしない。こうして圧縮し続けることで全ての食物は虚無となり――男の裡に荒れ狂う、満たされることのない暴食の魂を慰め続けることが可能になるのである。

「だが、それでは面白くはない。あのマサムネを討つだけの力がある者を放置しておくことなど、貴公も本意ではないはずだ」

「どういうことだ？」

「この大公家を支えるもの、それは力だ。国王軍すらおいそれと手を出せぬ武力、財力、政治力——力は、使ってこそ世の中を変える。その力を持つ者を寝かせ、腐らせることはない。力は、使ってこそ世の中を変えるのだ」

色付きの眼鏡越しに、金髪の男は意味深な視線を黒髪の男に向けた。

なんのことだと言うようにしばらく沈黙していた黒髪の男が——やがて、ニヤリ、と笑った。

「なるほど。あの方のことか。確かに——その男にならば適任やもしれぬな」

得たり、と頷いた黒髪の男は、次に報告に来た口ひげの男に視線を移した。

「貴様」

「は——は！」

「可及的速やかにそのマサムネを討ち取った者どもを我らが前に召し連れよ。如何なる事情や理由があろうとこの召喚を拒絶することはできぬ。もし断れば、ズンダー名物・悪覇妖屈死絶の責め苦を来世の分まで味わうことになるぞ、とな。——行け！」

男の低い一喝に、口ひげの男は返答をする間もなく、逃げるように広間を出ていった。

その背中を見送った黒髪の男は、ククク、と低い声で笑った。

不気味な笑いは徐々に金髪の男にも伝染し、大広間を細かに揺らし始める。

「世の中に興奮することは数多あるが、一番興奮するのは――」

金髪の男は口許を歪めた。

「この地に――圧倒的な強者が現れた時だな」

「間違いないな」

ククク、と、しばらく凶相の男たちの密やかな笑い声が大広間に響き続けた。

そう、この陸奥の地に語り継がれる冒険の物語は、まだ始まったばかりだ。

あとがき

はじめましての方ははじめまして、そうでない方はお久しぶりです、佐々木鏡石です。

今回は本作『じょっぱれアオモリの星』を手にとっていただきありがとうございます。

さて、本作は二〇二一年、私が『小説家になろう』上にて一ヶ月間だけ連載した作品を書籍として大幅改稿したものです。この書籍が天下の角川スニーカー文庫様より出版されることとなった経緯につきましてはご存知の方も多いのではないかと思います。

ポイント不振による打ち切り連載終了から半年経った一月末、この小説はとある方のTwitter上でのご紹介により、空前絶後の「バズり」を記録いたしました。その際のPV数、なんと三日間で八十万アクセス（！）。その後も途切れることなくPV数は増え続け、その空前絶後のバズりが様々なニュースサイト様にも特集された他、有名声優様や著名漫画家様も「面白かった！」と太鼓判を捺してくれ、事態を察知した本場・青森県から地元新聞社様の取材が二件来ることとなり、まさにお祭り騒ぎの事態となりました。そのお祭り騒ぎの結果、あの角川スニーカー文庫様より書籍化の打診をいただき、こうして書籍化する運びとなった次第です。ややや、あの時はどでんすたばってなぁ。

さて、本作はいわゆる「追放モノ」の皮を被った「みちのくじょっぱりファンタズー」であります。私の故郷である東北地方、中でもその最果ての地であり、日本最強のお国訛(なま)りとして知られる津軽弁。そして青森と言えば日本三大強情の一角である「津軽じょっぱり」を生む地域です。

　最近のライトノベルの傾向として、主人公は最初から何らかの高い能力を持っており、それで危なげなく事態を解決してゆくスーパーヒーロー的な主人公が好まれますが、本作は最初から真逆の主人公を書こうとしました。決して万能というわけではない主人公が「意地」の一言を腹に括(くく)り、絶大なる困難に立ち向かう――そんな泥臭く痩せ我慢をするヒーローを書きたくて、かなり思い切って主人公を青森出身、そして大変な「じょっぱり」として描きました。その後連載を続ける中で、あれよあれよとワサオだの伊達政宗(だてまさむね)だの、故郷である東北地方への愛が溢(あふ)れ出して止まらなくなり、こうして世界に唯一無二のみちのくファンタズーが生まれることとなりました。今後もオーリンとレジーナ、二人の強情者(じょっぱり)による仮想世界東北地方の旅は続いていくと思います。読者の皆様も期待を膨らませてお待ちくだされればと思います。

　最後に、私の憧れであり目標であった角川スニーカー文庫様からの書籍化という夢を叶(かな)えてくださった、宮城県仙台市出身の担当・ナカダ様。「この作品をスニーカーの看板コメディにしたい」という激アツな一言はいまだに忘れておりません。そして数々の「もっと青森っぽく」という抽象的な無茶振りに耐え、素敵で美麗なイラストを何枚も描いてくださったイラストレーターの福きつね先生、本当にありがとうございます。そしてこれを読んでくださった読者の皆様も、今後も末永くこの「みちのくじょっぱりファンタズー」にお付き合いいただければと願っております。

それでは皆様、また会う日までごきげんよう。へばな。

スペシャルサンクス

50音順　敬称略

青森市役所　特設サイトデザイン協力

青森りんご（Vtuber）　作品アンバサダー

今井文也（声優）　オーリン・ジョナゴールド役

弘大×AI×津軽弁プロジェクト（弘前大学）　作中ツガル弁監修

PV社・北村　PV制作

この本ば手さ取ってけだおめんど！

（この本を手にとってくださった全ての皆様！）

じょっぱれアオモリの星
おらこんな都会いやだ

著　佐々木鏡石

角川スニーカー文庫　23480
2023年1月1日　初版発行

発行者　山下直久
発　行　株式会社KADOKAWA
〒102-8177 東京都千代田区富士見2-13-3
電話　0570-002-301（ナビダイヤル）

印刷所　株式会社暁印刷
製本所　本間製本株式会社

●お問い合わせ
https://www.kadokawa.co.jp/（「お問い合わせ」へお進みください）
※内容によっては、お答えできない場合があります。
※サポートは日本国内のみとさせていただきます。
※Japanese text only

Printed in Japan　ISBN 978-4-04-112989-0　C0193

★ご意見、ご感想をお送りください★
〒102-8177 東京都千代田区富士見 2-13-3
株式会社KADOKAWA　角川スニーカー文庫編集部気付
「佐々木鏡石」先生「福きつね」先生

角川文庫発刊に際して

角川源義

第二次世界大戦の敗北は、軍事力の敗北であった以上に、私たちの若い文化力の敗退であった。私たちの文化が戦争に対して如何に無力であり、単なるあだ花に過ぎなかったかを、私たちは身を以て体験し痛感した。西洋近代文化の摂取にとって、明治以後八十年の歳月は決して短かすぎたとは言えない。にもかかわらず、近代文化の伝統を確立し、自由な批判と柔軟な良識に富む文化層として自らを形成することに私たちは失敗して来た。そしてこれは、各層への文化の普及滲透を任務とする出版人の責任でもあった。

一九四五年以来、私たちは再び振出しに戻り、第一歩から踏み出すことを余儀なくされた。これは大きな不幸ではあるが、反面、これまでの混沌・未熟・歪曲の中にあった我が国の文化に秩序と確たる基礎を齎らすためには絶好の機会でもある。角川書店は、このような祖国の文化的危機にあたり、微力をも顧みず再建の礎石たるべき抱負と決意とをもって出発したが、ここに創立以来の念願を果すべく角川文庫を発刊する。これまで刊行されたあらゆる全集叢書文庫類の長所と短所とを検討し、古今東西の不朽の典籍を、良心的編集のもとに、廉価に、そして書架にふさわしい美本として、多くのひとびとに提供しようとする。しかし私たちは徒らに百科全書的な知識のジレッタントを作ることを目的とせず、あくまで祖国の文化に秩序と再建への道を示し、この文庫を角川書店の栄ある事業として、今後永久に継続発展せしめ、学芸と教養との殿堂として大成せんことを期したい。多くの読書子の愛情ある忠言と支持とによって、この希望と抱負とを完遂せしめられんことを願う。

一九四九年五月三日